星巌と紅蘭

木村正幹
Kimura Masamiki

郁朋社

星巌と紅蘭／目次

装丁／宮田麻希

上

紅《こう》蘭《らん》花《はな》暦《ごよみ》

1 「梨の花」 文政五年（一八二二年） 美濃 曽根村

紅蘭《こうらん》が一番好きな花。

それは、やはり、夫梁川星巌《やながわせいがん》が帰ってきた時に咲いていた、梨の花。

「きみは、江戸から帰ってくる長澄《ながすみ》のことを、覚えていまい」

父の稲津長好《いなづながよし》にそう言われた時、紅蘭（本名きみ）は素直に肯いた。

「長澄は、長く江戸に遊学に出かけていたが、今度、ほぼ十年ぶりに帰郷することになってな。江戸では、梁川星巌と名乗り、一角の詩人として認められているそうだ。長澄が江戸に出かけたときは、まだきみは三歳だったからな」

「その長澄様は、どんな方？」

紅蘭が傍らにいた姉のとうに聞くと、とうは嬉しそうに答えた。

「それは、素敵な方よ。江戸でも評判になっているくらいだし。でも、私は弟の長興《ながおき》様の方が好きだわ」

姉妹二人で、そんな再従兄《はとこ》の噂話を始めると、父がたしなめた。

「こら、こら。長澄、長興は、我が稲津本家の跡取りだから、そんな軽々に話すものではない。長澄は十二の時に両親を亡くしてな。その家督を若くして継いだが、早くから学問にすぐれ、きみも詩文を教わった、華渓寺《かけいじ》の太随和尚《たいずいおしょう》に勧められて江戸に出て、山本北山《やまもとほくざん》という偉い先生の下で勉学していた、という次第だ」

「それで、今度、曽根に帰ってきてどうなされるの」

「すでに稲津家の家督は、弟の長興に譲っているからな。とりあえずは、私塾でも開きたいと聞いているが」

「お父様、それなら私も通っていいかしら」

紅蘭が父に尋ねると、にっこりと笑って答えた。

「よかろう。昨年、母が亡くなってからは、きみもふさぎ込んでいたからな。長澄に漢詩でも習うといいだろう」


文化十四年（一八一七年）九月。

その梁川星巌は、故郷の美濃国安八《あんぱち》郡曽根村に帰ってきた。時に二十九歳。

初めて星巌に会った時、紅蘭はその総髪に驚いた。

弟の長興はいつもきっちりと髷を結い、村の庄屋としての務めを誠実に果たしていたが、星巌は髪を後ろに垂らし、後頭部で結んでいた。この総髪というスタイルは、江戸時代では、社会の枠組みから外れた儒者や、医者がよくしたもので、曽根村では他に総髪にする者はなかった。

「ほう。あなたがきみ殿ですか。幾つになりましたか」

「はい。十四歳になります」

「太随和尚に読み書きを教わっていたそうですね。いいでしょう。私の梨花村草舎《りかそんそうしゃ》にいらっしゃい」

「梨花村草舎とは、どういう謂《いわ》れがあるのですか」

「私はこの曽根村の梨の花が大好きなのです。江戸にいた時、故郷のことと言えば、真っ白な花を一面に咲かせる梨の花が、真っ先に思い出されました。それで、今度開く家塾も、梨花村草舎と名付けることにしました」

稲津の家は、大垣藩の御用も務め、名字帯刀を許された豪農で、その先祖は、戦国時代に美濃三人衆の一人と言われた武将、稲葉一鉄《いなばいってつ》に仕えていたが、関ヶ原の戦い後帰農し、代々美濃の曽根村に住んできた。

星巌は、弟長興に譲った稲津本家の離れを借りて、私塾「梨花村草舎」を開き、学問研究に没頭する傍ら、村の子どもたちに詩文を教えた。稲津の一族として、星巌の家と隣り合わせに住んでいたという紅蘭の姉妹も、梨花村草舎に通うことにした。しかし、姉のとうはすぐにやめてしまったが、紅蘭は熱心に梨花村草舎に通い詰めた。

もともと、紅蘭は利発な少女で、太随和尚に読み書きを教わっていた頃から、姉のとうよりもよく出来た。そして、星巌もそれに応えるように、熱心に紅蘭を教えた。村から一歩も外に出たことのない紅蘭にとって、江戸帰りの星巌は憧れの存在であり、やがてそれは恋に変わった。

ある日、紅蘭は姉のとうに打ち明けた。

「ねえ、お姉様は、星巌先生のことをどう思う？」

「そうねえ、何か浮き雲のように、つかみ所のないお方かしら。私は真面目に庄屋務めをなさっている、弟の長興様の方が、素敵だわ」

「いや、星巌先生は、江戸で一番の詩の結社、江湖《こうこ》詩社《ししゃ》でも認められているようなお方よ。こんな、美濃の片田舎で、寺小屋やってるようなお方じゃないわ」

「それは、あなたが買いかぶりすぎるんじゃないかしら」

「お姉様、わたし、出来るなら星巌先生のところに、お嫁に行きたいの。お父様は何とおっしゃるかしら」

「そう……、でもきみがそこまで言うなら、私がお父様に話してあげる」

きみの気持ちを知った父長好は、二人の結婚を許し、星巌に娘のことを頼み込んだ。

そして、二人が会ってから三年後の春、梨畑一面に真っ白な花が咲く頃、紅蘭は星巌と結婚した。


しかし、それから三ヶ月も経つと、星巌は新妻の紅蘭を残して、ふらりと、どこかに出かけてしまった。『三体詩』を読め、とだけ言い残して。

紅蘭は待った。待ち続けた。それでも、星巌は帰ってこない。

『三体詩』には、七言絶句、五言律詩、七言律詩の、三つの詩体が収録されているが、この時期に流行した七言絶句は、すべて暗記した。それでも、星巌は帰らない。

やがて、五言律詩や、七言律詩まで、紅蘭は『三体詩』をすべて覚えてしまったが、まだ星巌は帰ってこなかった。

この間に、紅蘭の姉とうは、星巌の弟長興と結婚した。そして、紅蘭を不憫に思い、新妻を残してどこかへ行ってしまった星巌との離縁を勧めた。

「まだきみは幼かったから、その時のことは覚えていなかっただろうけど、長澄さんがなぜ総髪にしたか、知ってる？」

「何を？」

「煙花《えんか》の疾《しつ》」

「それは、どういうこと？　お姉様」

「遊郭遊びに耽ることをいうそうよ。最初、江戸に遊学に出た時、吉原の遊女に入れ込んで、多額の借財を背負い、華渓寺の太随和尚様から、厳しい叱責を受けられた。その時のお詫びの印に、髻《もとどり》を落とし、剃髪《ていはつ》されたと、長興様に伺ったわ」

「それは昔のことでしょう」

「でも、あなたを残して、こんなに長く、連絡もせずに、どこかに行ってしまわれるなんて、またその疾病《やまい》が起こったのじゃないかしら。いっそ、実家の父上の所に戻ったら」

「お姉様、ひどい。星巌先生はそんな人じゃないわ」

激しく嗚咽する紅蘭が不憫になり、姉のとうも、それ以上はなにも言えなかった。

それでも紅蘭は、星巌を待った。待ち続けた。

そして、また春が来て、文政五年（一八二二年）、紅蘭は十九歳になった。「梨花村草舎」の由来になった梨の白い花が、紅蘭が一人で星巌を待つ屋敷の周りで、満開になった頃、星巌は出かけた時と同じように、突然ふらりと帰ってきた。

最初、驚きもし、もちろん嬉しくもあったが、紅蘭はそんな内心を隠して、

「おかえりなさいませ」

とだけ言った。

「どれ、きみ、三体詩は覚えたか」

長い間放っておいた詫びも言わずに、冷ややかに促す星巌に応えて、紅蘭は『三体詩』を、巻頭の杜常《とじょう》「華清宮《かせいきゅう》」から暗唱してみせた。

行《ゆ》き尽《つ》くす　江南《こうなん》　数十程《すうじゅってい》
暁風《ぎょうふう》　残月《ざんげつ》　華清《かせい》に入《い》る
朝元《ちょうげん》　閣上《かくじょう》　西風急《せいふうきゅう》なり
都《す》べて長楊《ちょうよう》に入《い》りて　雨声《うせい》を作《な》す

そこには、五年前に初めて「梨花村草舎」に通い始めた頃の生徒、稲津きみのままの、利発な少女の紅蘭がいた。紅蘭は七言絶句から始めると、続いて五言律詩、七言律詩まで、すべて『三体詩』を暗唱した。

けれども、星巌は、「ほう」とだけ言い、他には何も言わない。

それで、紅蘭は、

「星巖先生、もう一つ、私の作った詩も聞いてください」

と続けて、自作の漢詩を披露した。

階前《かいぜん》　芍薬《しやくやく》を栽《う》え
堂後《どうご》　当帰《とうき》を蒔《ま》く
一花《いちか》　還《ま》た　一草《いちそう》
情緒《じようしよ》　両《ふた》つながら依依《いい》たり

きざはしの前には芍薬《しやくやく》を植え
ざしきの後ろには当帰《せり》を蒔いた
この一つの花と一つの草に
私は心を寄せて、離れたことは無い

「当帰」とはセリのことだが、漢文訓読すれば、「当に帰るべし」とも読める。そして、「依依」とは名残惜しく、離れにくいさまをいうが、紅蘭はこの「当帰」にこと寄せて、ひたすら星巖を待ち続けた自分の気持ちを述べた。

星巖は黙ってその詩を聞いていたが、しばらくすると紅蘭の思いが通じたのか、にっこりと微笑んだ。

そして、

「これからは、きいではなく、紅蘭と名乗るがよい」

と述べて、さらに、

「次の旅には一緒に来るか」

と、紅蘭に尋ねた。

紅蘭は頬を赤らめて、「はい」と小声で返事をした。


この時、星巌は、頼山陽《らいさんよう》門下の村瀬藤城《とうじょう》、江馬細香《えまさいこう》らと一緒に、漢詩の結社「白鴎社《はくおうしゃ》」を立ち上げていた。月一回開かれていた、その「白鴎社」の詩の例会に、星巌は紅蘭を連れていった。江馬細香は、大垣在住の蘭方医の大家、江馬蘭齊《らんさい》の長女である。最初、頼山陽に漢詩を習い、才色兼備の細香を見初めた山陽から求婚されたが、山陽の素行の改まらないのを嫌った父親の蘭齊が、独断でそれを拒絶した。後に蘭齊は二人の結婚を認めたものの、結局結ばれることはなかった。

白鴎社の例会の開かれる実相寺《じつそうじ》は、曽根村から南に歩いて一里ほどの、大垣藩城下の伝馬町《てんまちょう》にあった。季節は初夏から夏に変わる頃。田植えのすんだ田園の中を、星巌の後ろについて歩きながらも、なんとなく紅蘭の心は浮き足立っていた。

実相寺に着いて本堂にあがると、既に「白鴎社」の同人たちが待っていた。星巌は、その一人ひとりに紅蘭を紹介した。

社主にあたる江馬細香は、

「可愛いお方なこと」

とだけ言った。

頼山陽に愛され、美人の誉れ高き細香にそう言われて、紅蘭はまた頬を赤らめた。

この日の集会の様子を、画家伊豆原麻谷《いずはらまこく》が、「白鴎社集会図」に残している。そこには、詩稿を眺める村瀬藤城を中心に、それを取り囲むようにして座る十一名の同人たちの姿が描かれている。皆、羽織袴の正装で座る中、星巌だけは総髪姿で、周りの同人たちの質問に答え、手前には紅蘭が、細香の後ろに隠れるように座っている。

この絵は、「出来るだけ本人に似せるように」という、細香の頼みにより描かれているため、目鼻立ちのはっきりとした細香に比べて、頬のあたりがふっくらとした紅蘭の顔立ちは、ひときわ華やいだ若々しさに満ちている。

この時、村瀬藤城は紅蘭を見て、
珠翠《しゆすい》を粧《よそお》わずして、天然《てんねん》の丰顔《ぼうがん》のあるもの。

(質素でかざらないが、顔がふっくらとして自然の美しさをたたえている)

と評している。

「時に星巌先生、遠州、駿河の旅はいかがでしたか」

藤城の言葉を聞いて、この二年余りの間、星巌がどこにいたのかを、紅蘭は初めて知った。

「いや、知人、文人を頼って吟遊していましたが、どうにも気にいった作も出来なくて」

実際、後にまとめられる『星巌集』にも、この時に作った詩は収められていない。

「それよりも、このきみが、私のいない間に、すばらしい詩人に成長しました。これからは紅蘭《こうらん》と名乗らせ、私の旅にも同行させることにしようと、考えています」

星巌の言葉を聞いて、紅蘭は内心嬉しかったが、そんな素振りは外に出さないようにした。しかし、村瀬藤城は、紅蘭と一緒に旅に出ようという星巌に、危惧を伝えた。

「いや、確かに旅は詩人には大切なものですが、星巌先生お一人でも、大変なご苦労もあろうかと思いますのに、細君まで伴っての旅というのは、聞いたこともありませんが」

藤城は星巌のように、旅に出て吟遊するのではなく、故郷の美濃上有知《こうずち》の庄屋を務めながら、漢詩を作っていた。山陽の指導を受ける際にも、なかなか京にまで赴くことも出来ないので、手紙でやりとりしていた。

「でも、もう私は待ちくたびれました。家で星巌先生の心配をするより、どこまでもお伴したいと思います」

星巌の隣で紅蘭が明るく答えると、それを聞いた江馬細香は、紅蘭を励ました。

「そうですね。私のように、いつ来てくださるかわからない山陽先生を、ずっとここで待ち続けているより、いつも好きな方の側にいるほうが、幸せですからね。ぜひそうしなさい」

「では、なぜ細香様は、山陽先生についていかなかったのですか」

「これ、失礼なことを申すでない」

そうたしなめる星巌に対して、にっこりと笑いながら細香は応えた。

「そう、なぜかしらね。でも、私は自分に素直な紅蘭さんが好きだわ」

江馬細香の答えを聞くと、星巌もにっこりと笑い、紅蘭のことを桜桃に喩えて詠んだ詩を、白鷗社の詩友に披露した。

簾閣《れんかく》 明《めい》を通《つう》じて 日《ひ》漸《よう》く高《たか》し
画眉《がび》 窓下《そうか》に 桜桃《おうとう》笑《わら》う
一輪《いちりん》の粧鏡《しょうきょう》 何《なん》ぞ多事《たじ》なる
更《さら》に潘郎《はんろう》に向《む》かって 二毛《にもう》を管《かん》す

簾を垂らした二階が明るくなり、ようやく日が高くなった
化粧をする部屋で、新婦が口元で微笑んでいる
一輪の鏡は新婦のためばかりではなく、何と忙しい事か
晩婚の新郎たる私も、白髪を抜き取らねばならぬから

詩の中の「潘郎《はんろう》」とは西晋の潘岳《はんがく》のことで、その『秋興賦《しゅうきょうふ》』に、「余春秋三十有二、初めて二毛を見る」(私は三十二歳になって初めて白髪を見た) とあるのを典拠にしている。これは、丁度星巌が紅蘭と

結婚した時に、三十二歳だったことを掛けている。

「それで、次はどちらのほうに、でかけられるおつもりですか」

「前に頼山陽先生に勧められた、長崎にまで足を延ばしてみたい、と考えています」

「それは、大変な旅になりそうですね」

村瀬藤城と星巌の会話を聞きながら、紅蘭はまだ見ぬ遠くの土地のことを思い、また、そこへ星巌と二人で旅をする自分の姿を想像して、何となく心が浮き立っていた。


ところが、紅蘭も星巌と一緒に旅に出たい、というと、姉のとうは猛反対した。

「星巌さんについて、きみまで旅に出るなんて、とんでもないこと。あなたのような幼い人が、旅のつらさに耐えられるはずがありません」

星巌の弟の長興《ながおき》も、とうに口調をあわせて反対した。

「兄さんも非常識です。若いきみさんを連れて旅に出るなんて。泊まるところのあてもない旅なんでしょう。『梨花村草舎』を再開して、ここで腰を落ち着けて暮らせば、いいじゃないですか」

星巌の家は、村では豪農であったが、それでも星巌と紅蘭の生活費を、すべて支援出来るほど、経済的に余裕があったわけではない。星巌が二年近く家を空けていたのも、実は生活費を稼ぐために、遠州、駿河を彷徨っていたのが本当の目的であった。

江戸も文化文政の頃になると、詩や書、画などを生計の手段とする職業文人が出てきた。俳諧の世界にあっては、元禄の頃から芭蕉のような旅回りの俳諧師がいたが、漢詩の世界ではこの頃になって、各地を遊歴して土地の有力者に寄食しながら、詩を賦す一群が現れた。このことは漢詩が地方に広がるきっかけとなり、地方で詩の結社が生まれる契機にはなったが、流行詩人の場合はいざ知らず、実際には旅の乞食と同一視されるような、貧しく惨めな遊歴がほとんどだった。それは、旅芸人が各地で公演をするのと同じで、漢詩を作って揮毫《きごう》し、そのお礼として旅の宿を提供してもらって、各地を吟遊していたのである。

しかし、詩を作る立場でいうと、旅から得るものも大きい。各地の名所、旧跡を実際にこの目でみることで、そこから感動を得て、詩の着想を得ることが出来る。かつて、ヨーロッパの吟遊詩人が、旅をすることで一人前になっていったように、旅は詩人を成長させてくれる。いくら星巌が、江戸で評判の詩人だといっても、郷里の田舎にあっては、所詮寺小屋で子どもに教える変わり者、としか思われなかった。けれども、紅蘭の中に詩人としての素質を見いだした星巌は、教師として、紅蘭を一人前の詩人として育てるためにも、次の旅に同行させよう、と思った。

紅蘭は、姉たちに反対されながらも、旅の準備をした。脚絆《きやはん》や手甲、足袋、着替えはもとより、矢立、扇子、針と糸、懐中鏡《かいちゆうきよう》、化粧道具、鬢《びん》付け油、提灯と蝋燭、火打ち道具、手ぬぐい、麻綱、鼻紙、巾着、耳かき、風呂敷、合羽と笠。思いつくものをすべて揃えていく紅蘭を見て、「お前の荷物は一体誰が運ぶのだ」と、星巌はからかいながらも、新妻を伴っての旅に、星巌自身もまんざらでもない気分がした。

そして、文政五年（一八二二年）の九月九日、重陽の節句の日。

星巌と紅蘭の二人は、足かけ五年に及ぶ西遊の旅に出た。紅蘭は旅の前途に、些かの不安を感じながらも、星巌を頼ればすべてはなんとかなるものと信じ、星巌もそんな紅蘭の姿が可愛かった。

曽根村の東には、木曽川、長良川、揖斐《いび》川の濃尾三川が流れ、豊饒な田園地帯が広がるが、西には伊吹山がふさがって、これから向かう西国は見えない。それで、西国に行くには、一度船で南に下り、そこから東海道を西に進むことになる。かつて元禄の頃、松尾芭蕉は奥の細道の旅を大垣で終え、城下の船町の港から伊勢まで船旅をしたというが、星巌と紅蘭は、故郷の曽根村近くの、呂久《ろく》の渡し場から小船に乗ることにした。当時、村の東の呂久の渡し場からは、直接長良川に出ることが出来た。

「結局、長興も、とうも、私ときみが旅に出ることに、賛成してくれなかったな」

「仕方ありません。でも私は、星巌先生についていく、覚悟は出来ています」

紅蘭は、明るく答えた。いくら姉に反対されても、星巌と共に旅に出られるというので、わくわくしていた。

「では、きみ、出かけるとするか」

「はい」

重陽の節句には、長寿を願って菊の花を飾り、菊の花びらを浮かべた酒を飲むという風習があった。星巌と紅蘭も、船に乗る前に酒を飲んで、重陽の節句と門出の祝いとした。

早朝、堤防に咲く黄色い野菊には、うっすらと霜がかかっていた。伊吹山には、さすがにまだ雪こそ降ってはいないが、見慣れたいつもの山の姿までが、何となく淋しげに感じた。

暁痕《ぎょうこん》　仍《な》お滑《なめ》らかなり　馬蹄《ばてい》の霜《しも》
重畳《ちょうじょう》たる青山《せいざん》　去路《きょろ》長《なが》し
一把《いっぱ》の黄花《こうか》　半瓢《はんぴょう》の酒《さけ》
藍川《らんせん》の隄上《ていじょう》にて　重陽《ちょうよう》を作《な》す

暁の霜がとけ、馬の蹄の跡は歩きにくい
振り返っても青山が重なって、郷里はもう見えない
一握りの菊の花を手折り、瓢箪半分の酒を飲んで
藍川（長良川）の堤防で重陽の節句を祝い、門出を祝おう

2 「素梅《そばい》」　文政六年（一八二三年）伊賀　月ヶ瀬

曽根村を出発した星巌と紅蘭は、桑名まで船で下り、そこからは陸路東海道を西に向かい、藤堂侯が治める伊賀上野の城下に入った。ここは、奈良街道、伊賀街道、初瀬街道の通じる交通の要衝であり、伊勢神宮への参宮者の宿場町として栄えてきた。

星巌は伊賀上野で、服部竹塢《はっとりちくお》を頼ることにした。服部竹塢は星巌の一つ年下、伊賀の人。猪飼《いかい》

敬所《けいしょ》、頼山陽に学び、この時は伊勢の津藩に仕えて、伊賀上野にあった藩校崇広堂《すうこうどう》で教えていた。

服部竹塢はその館に二人を温かく迎え入れてくれた。

「竹塢先生、ご無沙汰しています」

「星巌先生、ようこそお越しくださいました。こちらが紅蘭さんですか。よいお名前です。蘭は、竹、菊、梅と共に、草木の中でも徳のある四君子として称えられるもの。是非、紅蘭さんの詩も聞かせてくださいね」

紅蘭は、旅に出て最初の訪問先で、どうなることかと緊張していたが、竹塢の親しげな笑顔を見て、ホッとした気がした。竹塢の館は広くはなかったが、二人のためにこざっぱりとした部屋を、用意してくれていた。

かつて、星巌の先輩の詩人、柏木如亭《かしわぎじょてい》が長く竹塢のところに寄寓していて、星巌はその如亭に会いに、この地まで来たことがあり、今回が二度目の訪問であった。

「もう如亭先生が亡くなって、三年になりますか」

竹塢にそう語りかけられると、星巌は改めて如亭のことを思い出した。

「そう、あれは春の盛りのこと。如亭先生は、私より二回り以上も年上でしたが、江湖詩社の同人として、本当に仲良くしていただきました。もともとは、幕府の大工の棟梁を勤める家柄に生まれ、裕福な生活をしていらっしゃったのに、晩年は越後や信濃、京都、そしてこの伊勢と、浪々の日々を送って、詩作に励まれました」

「自らの安穏とした生活をなげうって、詩を求められたのでしょうね」

「もともと、私が旅を通じて新しい詩を求めようとするのも、ある意味如亭先生の教えです。最後は京都の黒谷で亡くなられました」

「それで、星巌先生が如亭先生の遺稿集を、まとめられたのでしたね」

「ええ、生前の如亭先生から頼まれていたものですから。大坂の浦上春琴《うらかみしゅんきん》先生が遺稿を預かっていると聞き、それをもらい受けて『如亭山人遺稿』と題して出版しました。そして、その序文をお願いにあがった縁で、頼山陽先生とも懇意になれたのも、ある意味如亭先生の導きかもしれません」

竹塢は山陽門下であるので、特に山陽のことを懐かしがった。

遺譜《いふ》　飄零《ひょうれい》す　何処《いずこ》にか尋《たず》ねん
高山《こうざん》　流水《りゅうすい》　旧知音《きゅうちいん》
京華《けいか》　探《さが》し遍《あまね》くして　浪華《なにわ》に去《さ》る
負《そむ》かず　平生《へいぜい》　一片《いっぺん》の心《こころ》

如亭先生の遺著を探して、私はどこを尋ねたことか
高き山の中、流れる川、そして古き知り合いの所を
京都を広く探し、難波に行って、ようやく探し当てた
親友への恩義を全う出来たのは、嬉しいことだ

「山陽先生の詩の壮大さ。それは私の憧れでもあります。星巌先生は、村瀬藤城先生や、細香先生とも、白鴎社をつうじて懇意であると聞いていますが、お二人もお元気ですか」

「はい、特に細香先生には、この紅蘭も憧れているようです」

二人の話を聞いていた紅蘭は、細香の名前を聞いて、その美しい面影を思い出していた。

「それで、星巌先生の今度の旅は、どちらを目指されているのですか」

「山陽先生から、西国長崎の良さをお聞きしたので、出来れば山陽先生に倣って、長崎まで行ってみたい、と思っていますが」

「ほう、それはよいことですね。私の教えている崇広堂にも、漢詩を嗜む者もおります。星巌先生の江戸での評判を聞き、手ほどきを受けたがっている者もいますので、よろしければ会ってやってもらえませんか」

服部竹塢の紹介で、津藩の藩士が次々に星巌のところを訪れ、漢詩の添削を求めに来たので、星巌はそのまま翌文政六年の春まで、伊賀上野に滞在した。

伊賀の地は、伊吹おろしが吹きすさぶ曽根村に比べて温暖であった。しかし、星巌は疲れが出たのか、年が明けて風邪で寝込み、紅蘭も懸命に看病を尽くしたが、なかなか回復しなかった。

「旅の地での病になるのは、本当に心細いことです。早くよくなってください、すみ様」

「そう、早く暖かくなってほしいものだな。そうすれば、私の健康も回復して、再び旅にも出られように。今まで一人で旅をしていた時は、旅先で病に罹ると、心細いものだったが、今回はきみがいてくれて助かるよ」

星巌は、傍らで看護する紅蘭の気遣いを、嬉しく感じた。紅蘭も夫の熱が早く下がってくれればよいがと、氷嚢《ひょうのう》をその額に乗せた。その時、かすかに氷の割れる音がした。

春《はる》は城溝《じょうこう》に入《い》りて　気《き》融《と》けんと欲《ほっ》し
一声《いっせい》　乍《たちま》ち韻《しら》ぶ　玉《ぎょく》の櫺瓏《れいろう》たるを
病夫《びょうふ》　偏《ひとえ》に喜《よろこ》ぶ　東風《とうふう》の早《はや》きを
幽枕《ゆうちん》　支《ささ》え来《き》たりて　耳《みみ》太《はなは》だ聡《さと》し

春はお城の堀に入り、冬の寒気も融け始め
珠のふれ合う氷の溶ける音が、一声響いた
病夫（私）は、春をもたらす東風が早く吹いたのを喜んだ
病室の枕を立てて頭をのせ、耳がするどく研ぎ澄まされる

「櫺瓏《れいろう》」は「玲瓏」と同じ。玉の鳴る音。「玲」の字ではなく、わざと「櫺」という僻字《へきじ》を用いるのが、星巌の癖である。

そして、ようやく病の癒えた二月五日、暖かくなるのを待って、再び星巌と紅蘭は西に向かい、竹塢に勧められた、月ヶ瀬村の梅を観た。月ヶ瀬梅林は、伊賀上野から西に三里の場所にあり、ここは

一大梅の実の産地で、江戸時代には約十万本の梅の木があった。

もともと月ヶ瀬は標高二、三百メートルの高地で、稲作に適さず、その代わりとして紅花染め用の烏梅《からすうめ》が、鎌倉時代から植えられていた。やがて、その梅の実が換金作物として広まり、星巌たちが訪れた文化文政の頃は梅栽培の最盛期だった。

その日、空はうららかに晴れ、風も穏やかで、尾山という集落から、坂道を上り、小高い丘までひと登りすると、地元の人が一目八景と呼ぶ見晴台に出た。そこから眺めると、名張川を挟んだ対岸の斜面まで、春霞の中に一面梅の花が咲いているのが、一望出来た。

月ヶ瀬の面白いのは、梅の木を植えた庭園という風情ではなく、村中の至るところに梅の木が植えてあるところだ。山中、山麓、村のあぜ道、神社、仏閣、用水路、農家の庭先、どこを歩いても梅の香りに包まれ、花の時期には村全体が梅の花で埋め尽くされる。

「すみ様、とても素敵ですね」

まだ二十歳になったばかりの紅蘭は、やはり花をみると華やいだ気持ちになった。

「梅の花はもともと中国のもの。日本では桜ばかりがもてはやされるが、ここまで梅の花が咲き誇ると、見事なものだな。ここが僻地で、知る人が少ないのが惜しまれることだ」

詩心を取り戻した星巌は、霞たなびく梅林を詩にした。

　春寒《しゅんかん》を衝破《しょうは》して　暁《あかつき》に城《しろ》を出《い》づ
　東風《とうふう》は剪剪《せんせん》として　衣《ころも》を弄《ろう》して軽《かる》し

漫山《まんざん》　匝水《そうすい》　二十里《にじゆうり》
尽日《じんじつ》　梅花《ばいか》　香裏《こうり》に行《い》く

春の寒さを破って、早朝に城下を出る
東風はぞくぞくと寒く、軽やかに衣服を弄ぶ
梅花は一面に広がり、水辺に遍く二十里に及ぶ
一日中、梅の花の香りの中を歩き回る

「きみは、『桃花源記』を覚えているか」

「確か陶淵明先生でしたね。漁夫が桃源郷に行く話」

忽《たちま》ち桃花《とうか》に逢《あ》う。岸《きし》を夾《はさ》みて数百歩《すうひやくほ》、中《なか》に雑樹《ざつじゆ》無《な》し。

（忽然と桃の花に逢い、数百歩の間、他の木はない）

「そうだ。ここはまさしく仙人の住む桃源郷だと思わないか」

星巌は月ヶ瀬梅林を歩きながら、「桃花源」に行き着いた陶淵明の気分を味わっていた。春霞に煙る村の畦道を、星巌は感嘆の声をあげながら歩き回った。

杳然《ようぜん》として　別《べつ》に是《こ》れ　一乾坤《いちけんこん》あり
峰転《みねてん》じ　渓回《たにまわ》って　果《は》たして邨《むら》を得《え》たり
曾《かつ》て　城西漁隠《じょうせいぎょいん》に　説《と》かる
梅花《ばいか》　亦《ま》た　自《おの》ずから仙源《せんげん》に有《あ》り

遥かに奥深い山中に、別天地を為している
峰が転じ、谷川が巡ったところに、この村があった
以前城西漁隠（服部竹塢）に説き聞かされた
「梅の花咲く、また桃源郷のような所が有る」と

城西漁隠とは、星巌が伊賀上野で世話になった、服部竹塢のこと。星巌は竹塢に教えられて、この月ヶ瀬村にやってきたのだが、月ヶ瀬を詩に詠んだのは星巌が最初で、この星巌の詩に誘われて、後には頼山陽や、斎藤拙堂《さいとうせつどう》も訪れ、やがてこの地が梅の名所として知られるようになった。

月ヶ瀬の梅を楽しんだ二人は、伊賀街道を木津まで下り、そこから南に奈良に向かった。山城国から奈良坂を越えて大和盆地に入ると、月ヶ瀬の華やいだ桃源郷から、時代が千年もさかのぼったような気がした。

江戸時代、奈良は晒《さらし》をはじめ、酒、墨、武具などを作る産業都市であったが、徳川綱吉公の時に、

東大寺大仏殿が復興されたのを契機にして、門前町へとその姿を変えつつあった。しかし、伊勢神宮のように、多くの旅人が訪れる人気スポットというものではなく、北の京の寺社に比べても、どこか廃墟の趣をぬぐえなかった。

　般若寺の前を通り過ぎ、転害門から東大寺の境内に入り、まずは大仏を参拝。さらに東に向かって、二月堂の舞台に登り、奈良の街を見下ろすと、遠くに生駒山を望み、眼下には奈良の家々の甍《いらか》が連なっていた。が、町の中に門前町としての活気はなく、全体にどこかくすんだ印象がした。

「随分とさびれていますね、すみ様」

　紅蘭のもらしたその言葉が、奈良の街の様子を的確に表していた。

「ここまで荒れ果ててしまうと、天平の頃の賑わいは想像出来ないな。この東大寺が建てられた頃には、聖武の帝のご威勢も盛んであったろうに。すべては、夢幻になってしまったようだ」

「本当に。よくもまあ、千年前の建物が朽ち果てずに残っていることです」

　その夜二人は、奈良町にあった、元興寺極楽坊の宿坊に泊まった。そこで、質素な夕飯を食べた後、星巌は紅蘭に話しかけた。

「なあ、きみ。もうここで、旅は終わりにしないか」

　驚いた顔の紅蘭を見て、さらに星巌は続けた。

「もう路銀も尽きた。私一人なら、野宿をしてでも旅を続けたが、お前と一緒に来たのが、もともと無理だったのだ。今日、奈良の都のさびれた様子をみて、もう引き返すべきじゃないかと思ったのだが」

星巌は、紅蘭を連れて旅に出たことを、半分後悔するような口ぶりで話した。すると、紅蘭は激しい口調で言い返した。

「なにを急に。すると、私がついてきたのがいけなかった、と先生はおっしゃりたいのですか」

「もともと私は、江戸で漢詩の修行をした身だから、東《あずま》の方にならば、少しは詩人として知られ、知人もある。しかし、これ以上西に向かっても、頼る人もなく、もう旅を続けるのは無理だろう」

「旅の大変さは、最初からわかっていたことなのに、すべて承知の上で、私を連れてきてくださったのではないんですか。それを今さら、そんなことをおっしゃるなんて」

紅蘭が激しく嗚咽するので、星巌もそれ以上は何も言えず、しばらく口をつぐんだ。

そして、紅蘭がひとしきり泣き止むまで、黙って見守った後で、星巌は自分自身に言い聞かせるように、つぶやき声で言った。

「頼山陽先生のところにいた、美濃出身の後藤松陰《ごとうしょういん》君が、篠崎小竹《しのざきしょうちく》先生の娘と結婚して、最近、難波で私塾を開いたと聞く。そこを一度頼ってみるか」

「私も連れていってくださいね、すみ様。もう私には、先生しか頼れる方はありません。私は月ケ瀬の紅梅ではなく、目立たない白梅のようなものですから」

その晩、二人は口を聞かなかったが、紅蘭は自らの思いを詩にした。

客窓《かくそう》　誰《た》が与《ため》に　幽悁《ゆうえん》を解《と》かん
又《ま》た見《み》る　東風《とうふう》　斗柄《とへい》の旋《めぐ》るを

黄鳥《こうちょう》　春《はる》を迎《むか》えて　方《まさ》に睍睆《けんかん》たり
素梅《そばい》　雪《ゆき》を欺《あざむ》きて　已《すで》に嬋娟《せんけん》たり
冥冥《めいめい》として路無《みちな》し　姑舅《こきゅう》に奉《ほう》ずるに
皞皞《こうこう》として心有《こころあ》り　聖賢《せいけん》を希《こいねが》う
寒賤《かんせん》　争《いか》でか知《し》らん　組紃《そじゅん》の美《び》
挫鍼《ざしん》　治解《ちかい》して　年年《ねんねん》を送《おく》る

旅の宿の窓べで、私の憂いを解く人はいない
また東風は吹き、北斗星が東に廻ってきた
鶯は春を迎えて、美しく歌い
白梅は雪とみまがうばかり、あでやかだ
遠く離れているので、姑舅に仕えることも出来ず
それでも私は、聖人賢人になることを希求する
貧しい私は、美しい衣服を作ることも出来ず
針仕事や、洗濯をして、一年一年を過ごす

星巌が頼った後藤松陰は、星巌の七つ年下。美濃安八郡森部《もりべ》村の、医師後藤玄中《ごとうげんちゅう》の次男として生まれた。

頼山陽が京都で私塾を開いた時、最初に弟子になり、山陽の九州旅行にも荷物持ちとして同行した。その後、山陽の友人であった篠崎小竹《しのざきしょうちく》の娘町子と結婚し、難波の永代浜に塾を開いていた。

松陰は穏やかな性格で、師にも先輩にも可愛がられ、美濃にいた頃から星巌とも面識があった。白鴎社の村瀬藤城も、頼山陽の高弟とはいいながら、美濃から離れることが出来ず、手紙で添削を乞うていた。一方の松陰は、最初から住み込みの弟子となり、山陽も大坂に来た時は、松陰の家を宿舎とするほど信頼していたし、岳父の小竹とも、甚だうまくいっていた。

人の好い松陰は、突然訪れた星巌と紅蘭夫妻を、優しく受け入れた。

「星巌先生、お久しぶりです。ようこそいらっしゃいました」

「松陰君、しばらく厄介になるよ。こちらが妻の紅蘭だ」

「星巌先生が結婚されたことは、藤城先生からもお聞きしています。また、細香先生からも、紅蘭さんが白鴎社の一員になられて、詩作に励んでいると紹介されていますので、一度お目にかかりたいと思っていました」

そして、松陰は私塾の一室を提供してくれた。星巌はそこで松陰の弟子たちに詩を教え、その謝礼で一息つくことが出来た。松陰は二人を賓客として扱い、星巌もまた松陰と毎夜のように語り合った。

「詩人は旅に出ねばならぬ。たとえ柏木如亭先生のように、旅先で客死したとしても」

「如亭先生の遺稿集は、確か星巌先生がまとめられたのでしたね」

「真の詩人になるには、結局、旅に出て己を磨くしかない。唐の李白や杜甫も然り、我が国の西行や、芭蕉もまた然りだ」

それを隣で聞いていた紅蘭は、星巌に言い返した。

「まあ、それでは私が先生の旅についてきたことが、妨げになるとでも」

奈良の喧嘩の再現のような二人の会話に、温厚な松陰は穏やかにわりこんだ。

「まあまあ、紅蘭さんも落ち着いて。私もかつて、頼山陽先生の九州行にお供しましたから、旅の大変さはわかっているつもりです。なんせ土地の名士を頼って、書画を売って潤筆料を稼いでの旅ですから、楽ではありませんでした」

「私でしたら、そんな旅に絶対同行しませんよ」

お茶を運んできた町子夫人は、夫の松陰の話を聞いてにこやかに微笑んだ。

「こんなささやかな私塾でも、落ち着いた生活が出来ますから。星巌先生も梨花村草舎を開いていたのに、その安らかな生活を捨てて、妻を伴って旅に出ようとするのは、勇気のあることです」

松陰は、町子夫人の持ってきたお茶を一口飲むと、さらに言葉を継いだ。

「けれど、源平の合戦の舞台となった壇ノ浦、菅原道真公の悲憤の地である太宰府、そして長崎や、耶馬溪の雄大な景色などは、どんなに苦労しても訪れてみるべきです」

「それは、出来るものなら私もいってみたい。松陰君もお供した、西国への旅の話を、山陽先生から聞いたことが、今回の旅の発端だから。それで、松陰君が一番印象に残ったのは、どこかね」

「それは、船から見た天草の光景でしょうか。山陽先生が、『天草洋《あまくさなだ》に泊《はく》す』の名句をものにされたのも、あの光景に感動なされたからでしょう。

雲《くも》か　山《やま》か　呉《ご》か越《えつ》か
水天《すいてん》　髣髴《ほうふつ》　青一髪《せいいっぱつ》
万里《ばんり》　舟《ふね》を泊《はく》す　天草《あまくさ》の洋《よう》
煙《もや》は篷窓《ほうそう》に横《よこ》たわりて　日《ひ》漸《ようや》く没《ぼっ》す
瞥見《べっけん》す　大魚《たいぎょ》　波間《はかん》に跳《と》び
太白《たいはく》　舟《ふね》に当《あ》たりて　明《あき》らかなること月《つき》に似《に》る

あれは雲か、山か、それとも呉越の国か
海と天との間に、一筋の青い水平線
そこは万里の旅で船を着けた、天草の海
船窓にもやがかかり、ようやく日が沈むことだ
大きな魚が海から跳ぶのを、一瞥すれば
宵の金星が船に当たり、月のように輝く

星巌先生ならば、きっと詩心がそそられて、素晴らしい漢詩が出来ることですよ」

「それに、漢詩人を志すならば、一度は長崎で、唐人から手ほどきを受けてみたいもの。けれども情けないことに、ここまできたところで路銀が尽きてしまってな。紅蘭と諍いになってしまったのだ」

「そうだ、星巌先生、あの旅で頼山陽先生が訪れた西国の方々に、私からもお二人のことを知らせて

おきますから、これからはそこを足場にして、旅をしてはどうですか」

この後、頼山陽が西国行で知り合った旧知に、後藤松陰をつうじて連絡をとってもらうことにし、星巌は多少心強くなった。紅蘭も今までよりかは安心出来たのは、言うまでもない。


大坂で落ち着いていたある日、難波の新地で、ラクダが見世物になっているという話を聞き、星巌は紅蘭と二人で見に行くことにした。

これは、二年前に長崎に入港した和蘭陀《おらんだ》船が、献上品として舶載《はくさい》してきたものだが、幕府が受け取りを拒否したため、この年の二月まで出島で飼われ、その後興行師が買い取って、見世物として全国を巡回した。その最初が、難波の新地だったという。星巌と紅蘭はその興行の話を聞き、七月十二日の開場を待って、早速でかけた。

二十四文（今の六百円ほど）の木戸銭を払って、見世物小屋に入ると、既に満員で身動きもとれないほどであった。唐人の装束を着た興行師が口上を述べると、銅鑼《どら》の音が場内に鳴り響き、続いてつがいのラクダが、小屋の柵の中に引き出されてきた。

「不思議な生き物ですね。あの二つの瘤はまるで作り物みたい。中には何がはいっているのでしょうか」

紅蘭は、初めて見たラクダを前にして、星巌に話しかけた。

「もともとは西域の砂漠の中の生き物と聞くが、商人たちが隊列を組んで、ラクダに荷を運ばせているそうだ。あの瘤のおかげで、何日も水も飲まずに、旅を続けられるというが」

「可愛い目をしていますね。長いまつげをして」

「でも、遠い東国の日本にまで連れてこられて、哀愁を感じるな。いままでどこを旅したのだろう。灼熱の印度や、雪の高山のチベット、そして中国も旅をして、ここまで連れられてきたのだろうな。その間に余分な毛も抜けたのじゃないか」

「でも、このラクダさんは、夫婦一緒だから、ここまで来られたんじゃないですか。仲がよくていいですよね」

そう言って寄り添ってくる紅蘭を見て、星巌は『史記』「四面楚歌」で、死を決意した項羽が虞姫《ぐき》を不憫に思い、「虞や、虞や、汝を如何せん」と歌う場面が、ふと頭に浮かんだ。項羽は自ら虞姫を刺し殺し、その墓にはひなげしの花が咲いたという伝説から、ひなげしの花は、その後、虞美人草《ぐびじんそう》と呼ばれることになったという。

そこで、星巌は紅蘭を虞姫に喩えて、「駱駝歎《らくだたん》」という古詩を詠んだ。

月鼓《げっこ》を考《う》ち　斗鑼《とうら》を鳴《な》らす
何人《なにびと》ぞ　場《じょう》を開《ひら》き　駱駝《らくだ》を看《み》しむるは
紫毛《しもう》　茸茸《じょうじょう》　衣《い》織《お》るべし
肉鞍《にくあん》　高《たか》く聳《そび》ゆ　金盤陀《きんばんだ》
云《い》う　是《こ》れ　紅夷《こうい》の齎《もたら》す所《ところ》
転徙《てんし》して　遠《とお》く来《き》たるは　流沙《るさ》よりすと

たいこを叩き、銅鑼《どら》を鳴らす
小屋を開いて、駱駝《らくだ》を見世物にするのは、何者だ
細くもじゃもじゃな毛は、衣服に出来
二つの瘤は、高くそびえて、黄金の作り物
口上に云う、これは和蘭陀人《おらんだじん》のもたらした物だと
転々として、遠く砂漠の国からやってきた

我《われ》亦《ま》た　室《しつ》を挈《たずさ》えて　天涯《てんがい》に走《はし》り
一事《いちじ》を成《な》さず　髩皤《びんしろ》からんと欲《ほっ》す
今日《こんにち》　汝《なんじ》の　途《と》旅《りよ》に老《お》いしを見《み》る
乃《すなわ》ち知《し》る　世《よ》に亦《ま》た　同科《どうか》有《あ》るを
風《かぜ》を知《し》り　水《みず》を識《し》るも　徒為《いたずら》のみ
嗟呼《ああ》　駱《らく》や　駝《だ》や　汝《なんじ》を奈何《いかん》せん

私もまた妻を連れて、天の果てまでやってきたが
何も出来ないうちに、鬢の毛まで、白くなろうとしている
今日、お前が旅路で老いているのを見て

世間には、同類がいるのを知った
風を知り、水源を見分けても、どうしようもない
ああ、駱駝よ、駱駝よ、お前をどうすればよいのか

この詩では、西域から中国、さらに我が国にまで連れられてきた、駱駝の運命を描きながら、そこに星巌と紅蘭の姿を重ねている。

「駱や　駝や　汝を奈何せん」の一節は、真の詩を求めて放浪しつつも、紅蘭のことを心配する、星巌の叫びでもあった。この詩から、夫婦同伴のことを、「駱駝」と呼ぶ隠語まで生まれたという。

この異国情緒たっぷりの詩は、関西の文人たちの間で評判となり、梁川星巌の名声を西国に広めるとともに、その書も各地で求められ、その潤筆料でこの先の路銀もまかなうことが出来た。

後藤松陰のところで、十分に英気を養った星巌と紅蘭は、さらに西へ向かって旅立った。「松陰君。今回は本当に厄介になった。ありがとう。これで、また旅も続けられるよ」

「どうか、星巌先生が長崎行を無事に終えられ、素晴らしい詩をものにされることを、お祈りしています」

松陰と町子夫人に見送られて、難波を出た二人は、そこから海路で岡山に向かい、頼山陽の師である菅茶山《かんちゃざん》を、備後神辺《かんなべ》に訪ねることにした。

海を知らない美濃で育った二人にとって、夏の船旅は快く、巾六幅の大きな帆を掲げて、灘を乗り

切ろうとする船からは、須磨、明石という『源氏物語』ゆかりの名勝を、遠くに眺めることが出来た。紅蘭は、星巌と旅を続けることが出来るのを喜び、この先、さらに未知の場所を訪れることへの期待を膨らませた。

六幅《ろくふく》の高帆《こうほ》　十八洋《じゅうはちよう》
舟師《しゅうし》　便《びん》に乗《じょう》じて　太《はなは》だ怱忙《こつぼう》たり
須磨《すま》　赤石《あかし》の　佳《よ》き風月《ふうげつ》
枉《ま》げて付《ふ》す　篷窓《ほうそう》の夢一場《ゆめいちじょう》

六幅の大きな帆を揚げて、十八里
船頭は風を受けて、灘を乗り切るのに忙しい
須磨、明石の、名高い名勝を
船窓の一場の夢として、枉げて通りすぎた

3 「牡丹」　文政六年（一八二三年）神辺、尾道、広島

菅茶山は、この時七十五歳。寛延元年（一七四八年）、備後の神辺の生まれで、梁川星巌より四十歳も年配。生家は裕福な農家で、造酒業も営んでいた。もともと武士の出でないのは、星巌の経歴とも似ている。十九歳の時に京都に遊学し、後に郷里で塾を開き、その住居を「黄葉夕陽村舎《こうようせきようそんしゃ》」（廉《れん》塾《じゅく》）と名付けた。特にその晩年は詩名も全国に高く、訪ねてくる儒者や詩人も多かった。

そんな大詩人が住む、廉塾への路を急ぎながら、紅蘭は些か緊張して尋ねた。

「茶山先生はどんな方でしょうか。私のような者にも会ってくださるのでしょうか」

それに対して、星巌も興奮した口調で答えた。

「山陽先生の師にあたる方なので、一応紹介してはいただいているが。まあ、茶山先生にお会い出来れば、今回の旅はここで終えてもいいぐらいだ。私の一つ年上で山陽先生とも懇意な、豊後の田能村《たのむら》竹田《ちくでん》君も、最近茶山先生のところを訪れたそうなので、まあ私たちのような若造でも、会ってくださるのではないかな」

時節は、夏の盛りを過ぎた初秋の七月十五日。福山に入り、備後の穏やかな山並みを目指して行くと、その麓に廉塾はあった。

「なんだか美濃の梨花村草舎に似ていますね」

「そうだな。茶山先生はこの静かな田園を愛されて、ここに廉塾を開かれたと聞いている。けれども、

山陽先生のように、三都に雄飛することを願った方には、ここの静かさが却って我慢出来なかったのかもしれない。山陽先生は、わずか一年で廉塾の都講《とこう》をやめて、逃げ出してしまったのだから。もう茶山先生も、山陽先生と復縁されたと、後藤松陰君は言っていたが、それでも茶山先生の前で、山陽先生の名前は出さない方がいいだろうね、紅蘭」

頼山陽が父春水に勘当されて、菅茶山に引き取られるような形でこの廉塾に来たのは、もう十年以上も前のことで、山陽と茶山は和解していた。しかし、江戸暮らしを体験した星巌が、美濃の梨花村草舎での生活が堪えきれずに、放浪の旅に出てしまったように、若き日の山陽が神辺から逃げ出したのも、星巌はなんとなくわかる気がした。

まだ残暑厳しき昼下がり、茶山の廉塾の目印である大きな槐《えんじゅ》の木が見えてきた。門をくぐり、案内を請うと、星巌と紅蘭の二人は茶山の部屋に通された。建物の奥からは、塾生たちの話し声が漏れ聞こえてくる。部屋の南には、北を流れる高屋川から引いた用水が流れていて、そこに作ってあった洗い場で、子どもたちが硯を洗っているのが見えた。

「本当に、茶山先生の詩のとおりですね」

紅蘭は茶山が廉塾を詠んだ詩を口ずさんでいた。

垂楊《すいよう》　影《かげ》を交《まじ》えて　前楹《ぜんえい》を掩《おお》う
下《した》に鳴渠《めいきよ》の徹底《てってい》して　清《きよ》らかなる有《あ》り

童子《どうじ》　倦《う》み来《き》たりて　閑《しず》かに硯《すずり》を洗《あら》う
奔流《ほんりゅう》　手《て》に触《ふ》れ　別《べつ》に声《こえ》を成《な》す

しだれ柳の影が、家の前の柱にかかる
木の下の溝を流れるせせらぎは、透き通るまで清らかだ
手習いに疲れた子どもが、おもむろに硯を洗いに来ると
速い流れが子どもの手に触れて、音が変わることだ

部屋でしばらく待つと、廉塾と称する講堂の三間から、菅茶山が現れた。茶山は頑丈そうな体格をした田舎の農夫のような風情で、髪は白く、顔は日焼けて赤みを帯びていた。

梁川星巌は、緊張した面持ちで挨拶をした。

「お初にお目にかかれて光栄です。私は美濃の梁川星巌と申す者、こちらは内子《ないし》の紅蘭です。どうかお見知りおきください」

茶山は二人の顔を見回すと、茶目っ気たっぷりに答えた。

「ほう、こちらが有名な奥方ですか。評判の『駱駝歎』は、私も読ませていただきましたよ。いい詩じゃありませんか。新妻を伴っての旅とは、私のような老人には羨ましいことで」

老茶山の温雅な物言いに対して、星巌は真面目に答えた。

「いえいえ、貧乏な流浪の身の上ですから、楽しむ閑《ひま》もありません。後藤松陰君のところに行った時

は、もう路銀を使い果たし、紅蘭と旅をやめようかと、言い争ったほどですから」

「はっ、はっ、はっ。それはいけませんね。星巌君もこれから詩人として大成するお方。山陽君も九州まで旅に出て、詩人として多くのものを得ました。是非、星巌君も奥方と一緒に旅を続けなさい。私も知己を紹介しましょう。そして、詩人を志す以上、長崎へは是非とも足を運ぶべきですよ」

特に山陽の九州行きに感化されて、この西征の旅を志した星巌は、茶山の前で頼山陽のことを話していいものか悩んでいたが、茶山の方から山陽のことを切り出されてほっとした。

子どものなかった菅茶山は、自らの後継者として頼山陽を迎えたかった。しかし、結果として、ほとんど恩を仇で返すように、山陽は茶山のところから飛び出してしまった。ただ、それでも山陽の後援者であり続けたのは、ひとつにはそれだけ山陽の詩才、文才が豊かであったからであろうし、それ以上に茶山の温和な人柄によるのだろう、と星巌は思った。

一方の紅蘭は、茶山の優しそうな眼を見て、田舎の父を思い出していた。


その夜、星巌は紅蘭ともども、茶山から手厚い歓迎の酒宴に招かれた。星巌もこの旅で作った詩稿を茶山に見せると、茶山はこの若い詩人に好意的な批評をしてくれた。

「そもそも、今日の詩の隆盛は、菅茶山先生に始まる、といっても過言ではありません。盛唐の詩を退け、宋詩に範を求めたのは、江戸では我が師山本北山先生、関西ではまさしく茶山先生です」

「今が盛りの星巌君からそう褒められるのは、嬉しい限り」

と、茶山も満更でもなさそうな笑顔を浮かべた。

「それで、茶山先生の理想とする漢詩とは、つまるところ、どのようなものなのでしょうか」

「漢詩がもともと儒者のたしなみであったのは、今更言うまでもない。徳川の世になって、道真公の時と同じくらいに漢詩が盛んになったのも、それは儒学が広まったが故のこと。ただ、あまりに盛唐の詩に倣いすぎて、日本の情緒を無くしたのはよくないことだろう。日常生活の中に材を求め、実景を写さねば、人の心は動くまい。如何《いかが》かな」

「茶山先生の詩は、この神辺の風景を、黄葉夕陽村舎の菜園や草花を詠みながら、そこに真実があります。先生が柳の木がお好きなのは、さぞかし陶淵明が、自らを五柳先生と称したことによるのでしょうか」

「確かに陶淵明はいいね。裏の高屋川の堤に上がると、廉塾の南の黄葉山がよく見えるので、よかったら後で見にいってごらん。私の塾の全貌がわかるよ。私は所詮田舎者だが、星巌君は、他人にない表現や、奇抜な題材を、まだまだ求めすぎているのではないか。平易な詩語の中にこそ、本当の詩心があるように私は思うのだが。君の隣の奥方のことを、もっと詩にしては如何かな」

　そして、茶山は人なつっこい笑顔を浮かべて、旅に倦《う》んだという星巌に次の詩を贈った。

倶《とも》に隠《かく》れ同行《どうこう》　路難《みちかた》からず
眉《まゆ》は玉案《ぎょくあん》に斉《ひと》しく　日《ひ》に酣歓《かんかん》す
関《かん》を出《い》ずるの詩賦《しふ》　人《ひと》は争《あらそ》いて誦《しょう》す
君《きみ》は是《こ》れ　今時《いまどき》の梁伯鸞《りょうはくらん》

奥さんと隠れて同行すれば、旅路も楽しかろう
毎日立派な机で、宴をひらいているようなもの
君の旅の詩を、人は争って誦している
あなたは今時の梁伯鸞だと

梁伯鸞《りょうはくらん》とは後漢の人で、高徳の人として知られ、孟徳曜《もうとくよう》という妻を迎えていた。星巌の姓「梁川」に掛けて、星巌のことを譬えたのである。茶山の詩は、平明でありながらも格調は失われない。詩の中で「倶《とも》に隠《かく》れ同行《どうこう》　路難《みちかた》からず」と詠まれた紅蘭は、顔を赤らめながら、茶山の詩を聞いていた。

星巌は茶山から贈られた詩の、「難、歓、鸞」という韻を継いで、詩を返した。

住《じゅう》　自《おの》ずから安《やす》からず　行《こう》　更《さら》に難《かた》し
荊釵《けいさ》　何《なん》の暇《いとま》あって　共《とも》に酣歓《かんかん》せん
吾《わ》が生《せい》　唯《た》だ瓢零《ひょうれい》の似《に》たる有《あ》り
慚殺《ざんさつ》す　高人《こうじん》の梁伯鸞《りょうはくらん》

家に住むのも安らかでなく、旅行はさらに難しい
髪飾りの妻も、どうして喜びを共にする余裕があろうか

私の生活は、唯落ちぶれて流浪しているだけであって
高徳の人梁伯鸞《りょうはくらん》に例えられるのは、恥ずかしいことだ

山陽道を往来する文人は、必ずこの有名な詩人菅茶山のところに立ち寄った。紅葉夕陽村舎を訪れた人を記録する『菅家往問録』には、この二人の名も仲良く並んでいる。

癸未《みずのとひつじ》（文政六年）初秋既望（七月十六日）上堂
美濃　大垣ヨリ壱里北曽根村　梁川詩禅《しぜん》
名卯《う》　字伯兎《はくと》　号星巌
内張氏
名景婉《けいえん》　字月華《げっか》　号紅蘭

菅茶山の励ましも得て、星巌はさらに西へと旅を続けた。神辺から西国街道を進み尾道に入り、そこからは船に乗って、頼山陽の生まれ故郷である広島に向かった。
故郷の曽根村を出て、ほぼ一年。急がぬ旅を楽しみながらも、その旅に倦み疲れた星巌は、瀬戸内の穏やかな夕暮れの中を、広島の城下に入った。

水底《すいてい》の残霞《ざんか》　魚尾《ぎょび》赬《あか》く

菰蒲《こほ》　葉戦《はそよ》ぎて　暮潮《ぼちよう》　生《しよう》ず
扁舟《へんしゆう》　借《か》らず　風帆《ふうはん》の便《びん》
一路《いちろ》　溶溶《ようよう》　流《なが》れて城《じよう》に入《い》る

夕陽が海の底まで染めて、赤くただれた魚の尾のようだ
水辺の水草が穂風にそよぎ、夕潮が満ちてきた
小船は風がなくとも、その波にのって
ゆらりゆらりと、広島の街に入っていく

広島で、星巌が会うのを楽しみにしていたのが、頼山陽の叔父頼杏坪《きようへい》であった。山陽の父春水《しゆんすい》には二人の弟があり、共に詩人として知られていた。次弟の春風《しゆんぷう》は家業を引き継いでいたが、末弟の杏坪は春水とともに安芸藩の藩儒として仕え、山陽の世話係のような立場でもあったため、山陽からよく聞かされたのは、この杏坪のことであった。当時の戯評に、春水を「方」、春風を「丸」、杏坪を「三角」と、評するものがあったという。

杏坪は、この時六十七歳。当時としては、もう隠居していてもおかしくない年齢であったが、官吏としても有能で、まだこの時も代官として藩に仕えていた。

夜、一日の仕事を終えた杏坪は、星巌と紅蘭を座敷に招き入れて、小宴を開いた。

「ようこそいらっしゃいました。星巌君。君の江戸での活躍は、山陽からも聞いていましたし、特に

茶山翁から手紙をもらってから、一日も早く会いたいと思っていました」

「杏坪先生にそんなお言葉をいただけるとは、恐縮するところです。妻の紅蘭も多少詩を詠みますので、どうかお見知りおきを」

星巌は詩人として大先輩にあたる頼杏坪に対して、丁寧に挨拶をした。

「ほう、こちらが『駱駝歎』で評判の奥方ですか。今夜は是非ご一緒に」

頼杏坪は屈託のない笑い声をあげ、紅蘭も楽しそうに二人の会話を聞いていた。

星巌は杏坪に酒を注いで、さらに言葉をついだ。

「山陽先生が今日あるのも、杏坪先生がその後見役を務められたからのこと」

「あやつも、いまでこそ京で一人前の詩人面《づら》をしていますが、ここにたどりつくまで、確かにいろいろなことがありました。長兄の春水が、山陽の放蕩生活に手を焼いて、あやつを座敷牢に入れたときは、本当に心配しましたし、最初の妻淳子は、子まで出来たのに離婚させられ、可愛そうなことをしました。今でこそ京で梨影《りえ》と一緒にいますが、それでも女癖は直りますまい。星巌君のように妻女を伴っての旅など、あやつにはとても出来そうにありません」

「いえいえ、私など紅蘭とは喧嘩ばかりしていまして」

そう話す星巌を、紅蘭が隣でにらみつけるのを見て、さらに杏坪は笑った。

「それでも、父春水には逆らってばかりだったので、そのわびをしようというのか、山陽が母親思いであることは、感心します。母の梅颸《ばいし》を、何度京までつれていったことか」

「私など早くに両親を亡くしましたので、その点では山陽先生が羨ましい」

「時に、神辺の菅茶山先生は、お元気でしたか」

「茶山先生は、私の旅の詩を評してくださった上、山陽先生のように、是非長崎まで出かけなさい、と勧めてくださいました」

「山陽が九州に出かけてから、もう五年になりますか。あやつも九州で新しい詩材を見つけて、実りある詩を作ったのは確かです。星巌君も、出来ることなら、長崎まで足を延ばしなさい。まあ、今宵は、月を肴に飲み明かしましょう」

星巌は、このときの杏坪翁の印象を、次のように詠んでいる。

一笑《いっしょう》の温顔《おんがん》　満座《まんざ》春《はる》なり
恢然《かいぜん》たる胸宇《きょうう》　星辰《せいしん》を列《れっ》す
肯《あ》えて時世《じせい》に随《したが》い　先輩《せんぱい》を軽《かろ》んぜんや
文章《ぶんしょう》を把《と》って　後塵《こうじん》に謁《えっ》せん

翁は温和な笑顔で私を迎え、宴席は春のごとし
広い胸の内には、星々が連なっているようだ
どうして今の時勢のように、先輩を軽んじようか
私も詩文をなして、翁の後に続きたいものだ

また、星巌は広島で、名産の牡蠣《かき》を堪能している。

江戸前期の石川丈山《いしかわじょうざん》や、荻生徂徠《おぎゅうそらい》にはなかったことだが、星巌の漢詩には食べ物のことがよく題材にされる。それも、日常生活を写生することを尊んだ、宋詩を模範とする菅茶山以来の傾向で、先の頼杏坪にも鱸《すずき》のことを詠んだ詩があり、茶山や杏坪との交流が、食べ物の詩を星巌に詠ませた。

広島の城下から南に下ること凡そ三十里、そこで瀬戸内の海に出合うが、そこは一面の干潟で、竹を割って海に突き刺してあり、遠くから見ると柵のようであった。そして、これが牡蠣の養殖場であった。

星巌と紅蘭は、宮崎木雞《もくけい》に紹介された、海の見える料理屋に入った。

「すみ様、これは曽根村にはない景色ですね」

「さきほど漁師に聞いたところでは、五、六月頃に、あの竹の根元に牡蠣の種を植え付けると、翌年の八、九月に稚貝が出来、それが牡蠣になるそうだ。広島のものは、特に身が肥えてうまいというが、どれ、一つ賞味しようか」

丁度、仲居が持ってきた牡蠣を、星巌は口に入れた。

「ほう、これは美味いものだ。柔らかくて、ほろほろと口の中でとろけるようで、今まで食べたことのない口触り。同じ貝でも、美濃で食べるシジミなどとは別物だな」

「本当に」

「お前も、うまいものを前にした時だけは、ご機嫌だな」

「まあ、意地悪な。杏坪先生にまで、私の悪口をおっしゃっていたのに」

美味なる牡蠣を題材に、星巌は絶句を作った。詩中の「斥鹵《せきろ》」とは、塩分を含んだ干潟のことで、農作物も取れないような不毛の地だが、そこが豊かな牡蠣の産地となることを讃えている。

地《ち》を匝《めぐ》りて　笆犁《はり》なるも　潮《しお》を碍《ささ》えず
時清《とききよ》くして　斥鹵《せきろ》も　也《ま》た豊饒《ほうじょう》
淘淘《とうとう》たる　三万六千頃《さんまんろくせんけい》
一夜《いちや》の寒風《かんぷう》　蠣苗《れいびょう》を長《ちょう》ず

一面に竹垣をめぐらしても、潮流は妨げない
時世は平和で、干潟も豊かな産物を出す
ここのあふれる、三万六千頃の水面は
一夜の寒風が、牡蠣の苗を成長させる

この地でのもう一つの大きな出会いは、平田玉蘊《ぎょくうん》、玉葆《ぎょくほう》姉妹に会ったことである。二人は尾道の豪商、福岡屋の娘で、特に姉の玉蘊は、頼山陽の思い人であった。

玉蘊が初めて山陽と出会ったのは、文化四年（一八〇七年）、二十歳の時。当時、山陽は二十七歳。ようやく座敷牢から出されて、父春水、杏坪と共に、竹原に住むもう一人の叔父春風のところに出かけ、そこで舟遊びをした際に、初めて見た玉蘊に一目惚れした。

その時の山陽の言葉が伝わっている。

淡粧《たんしよう》素服《そふく》、風神超凡《ふうじんちようぼん》なるは、玉蘊《ぎよくうん》なり。

（淡い化粧に質素な服、非凡な美しさの玉蘊であることよ）

しかし、細香と同じように、結局、玉蘊も山陽と結ばれることはなかった。星巌と紅蘭が玉蘊に会ったのは、それから十六年後のことだった。

尾道は、千光寺山、西国寺山、浄土寺山の尾道三山に囲まれた箱庭のような街で、南の向島との間の尾道水道を挟んで、細長く市街地が広がっていた。ここには北前船が寄港し、活況を呈していて、財をなす豪商が出現していた。福岡屋もその一つで、山陽道沿いに建つ屋敷の北側には一里塚を示す松があり、「一里塚の福岡屋」と地元では呼ばれていた。その松を目印にして福岡屋を訪ねると、二人は大きな座敷の中に招き入れられた。

「ようこそ、この尾道までいらっしゃいました。星巌先生の評判は、山陽からもうかがっています」

星巌は、今でも山陽と通じているのだと、改めて知った。この時、玉蘊は已《すで》に三十七歳になっていたが、その容貌は少しも衰えていなかった。妹の玉葆は三十三歳。

「玉蘊先生、玉葆先生の画才のすばらしさは、かねがね聞いておりましたので、お目にかかれて光栄です」

「それにしても、お美しいお方。山陽先生もお幸せでしょうね」

紅蘭が美人姉妹を前にして、正直につぶやいた言葉に、星巌は一瞬たじろいて、不躾をとがめようとしたが、二人はただにこやかに微笑んでいるだけであった。

「それで、今はどのようなものをお描きですか。よろしければ、拝見したいものですが」

「それでは、私のものから」

妹の玉葆は一枚の絵を持ってきて、星巌、紅蘭に披露した。

「ほう、これは素晴らしい。して、どのような場面で」

「『平家物語』を題材にしました。源義朝の愛人、常盤御前《ときわごぜん》が、今若、乙若、牛若の三人の子を連れて、仇敵平清盛のところに出頭した時のものです。同じ女性として、いかばかりの心境であったのかと思うと」

星巌はその作品をじっと見つめた。常磐御前は、まだ乳飲み子だった牛若を抱き、その両脇で、今若、乙若の二人が、母親の着物の裾をつかんでいる。雪は激しく降りかかり、笠のひさしで、美人の誉れ高き常磐の顔は隠れているが、母にしがみつく幼い二人の手は、寒さで震えている。

平清盛は常盤の美貌に惹かれ、彼女を妾とすることを条件に、三人の幼児の命を救う。しかし、やがて成人した牛若丸義経に平家は滅ぼされ、恩が仇になってしまうのだが、常盤に抱かれて眠る赤子は、そうした自分の運命を知らない。

星巌はこの絵に、「田氏《でんし》の女玉葆《じょぎょくほう》の画《えが》く常盤《ときわ》の孤《こ》を抱《いだ》く図《ず》」という賛をつけた。

雪《ゆき》は笠檐《りゅうえん》に灑《そそ》ぎ　風《かぜ》は袂《たもと》を巻《ま》く

呱呱《ここ》乳《ち》を索《もと》むるは　若為《いかん》の情《じょう》ぞ
他年《たねん》　鉄枴《てつかい》　峰頭《ほうとう》の険《けん》
三軍《さんぐん》を叱咤《しった》するは　是《こ》れ此《こ》の声《こえ》

雪は笠のひさしに降りかかり、風は袂を巻き上げる
乳をもとめて泣く牛若を抱く常磐御前は、どんな気持ちだろうか
後年、一ノ谷の合戦に際して、鉄枴山《てつかいさん》鵯《ひよどり》越《ごえ》の天険で
大軍を叱咤激励したのは、まさにこの赤子の声であったことよ

漢詩のジャンルに、史実を題材とした「詠史」というスタイルがある。これは歴史に詳しかった頼山陽の得意とした分野だが、星巌のこの詩も詠史の傑作として、世評が高かった。
また、姉の玉蘊からは、簾の中で書を読む女性の姿を描いた、美人画を見せられた。

花《はな》を隔《へだ》てて鶯《うぐいす》の語《かた》ること　太《はなは》だ丁寧《ていねい》なり
卿卿《けいけい》を喚《よ》び得《え》て　春夢《しゅんむ》を醒《さ》ましむ
昼漏滴残《ちゅうろうてきざん》して　庭院静《ていいんしず》かなり
簾《すだれ》に偎《よ》りて　悄《ひそか》に読《よ》む　牡丹亭《ぼたんてい》

花の向こう側で、鶯はとても丁寧に鳴いている
それはあなたを呼び起こして、春の夢から醒まさせる
真昼の水時計がしたたり落ちて、庭の中は静かなもの
簾に隠れて、ひそかに『牡丹亭』を読んでいる

「『牡丹亭』とはどのような小説ですか」と、紅蘭はそっと星巌に尋ねた。

「それは明の湯顕祖《とうけんそ》の作った、柳夢梅《りゅうむばい》と杜麗娘《とれいじょう》との恋愛を描いた戯曲でね。でも、実際に『牡丹亭』を、日本の美人が読んでいる姿は想像しにくいのですが」

玉蘊は、まさしく玉をころがすように、軽やかに笑いながら答えた。

「そうですね。この絵はまさに私の憧れの世界を描いたもの。でも、愛する夫に随って旅をする紅蘭さんなら、『牡丹亭』を読んでもお似合いでは」

頼山陽の愛人としても評判だった玉蘊にそう云われて、紅蘭は思わず頬を赤くした。けれども、玉蘊こそ、あでやかな牡丹の花が似合うのでは、と思った。

いくら星巌と言い争っても、江馬細香や、平田玉蘊のように、愛する頼山陽に待たされてばかりいるより、自分の方が幸せかもしれない、と紅蘭は思い直していた。そして、江馬細香や、平田玉蘊のような美人に慕われた頼山陽という人に、是非自分も一度会ってみたい、とも思うのだった。

この広島では、結局、ほぼ一年近くの日々を過ごし、翌文政七年（一八二四年）の五月になって、ようやく星巌と紅蘭は、広島を後にした。広島で得たものは多く、この時の名残惜しい思いを、「舟

広島を発す」と題する詩に残している。

暮雲《ぼうん》　残照《ざんしよう》　首《こうべ》を重《かさ》ねて廻《めぐ》らす
城樹《じようじゆ》　依微《いび》たり　墨一堆《すみいったい》す
細雨《さいう》　来《き》たらんと欲《ほっ》して　征袖冷《せいしゆうひ》ややかに
長風《ちようふう》　忽《たちま》ち送《おく》りて　客帆開《かくはんひら》く
心《こころ》は　敗絮《はいじよ》の泥《どろ》に黏《ねば》りて　湿《しめ》るが如《ごと》く
跡《あと》は　飛星《ひせい》の漢《かん》を過《す》ぎて　来《き》たるに似《に》たり
聞道《きくなら》く　鎮西《ちんぜい》は尚《な》お千里《せんり》
更《さら》に堪《た》えんや　時節《じせつ》　正《まさ》に黄梅《こうばい》なるに

夕暮れの雲と夕焼け空を、首を回してみる
広島城の樹木は、墨をひいたようにかすんでいる
小雨が降ろうとして、旅の衣の袖は冷たく
遠くから忽然と風が吹いて、客船の帆が開いた
私の心は、使い古した綿のように湿り
私の足跡は、流れ星が銀河をよぎるようだ
聞くところでは、鎮西の旅はまだ千里彼方

これからの梅の熟する季節に、私は堪えられようか

4 「桜桃」 文政七年（一八二四年）春　下関、太宰府

星巌と紅蘭は、周防灘を船で下関に入ると、西細江町に住んでいた、篆刻《てんこく》家の広江《ひろえ》秋水《しゅうすい》の「老龍閣」に滞在した。

もともと広江家は、醤油醸造を営む豪商として知られ、秋水は文人墨客を厚く遇した。その秋水の館には大きな老松があったことから、「老龍閣」と呼ばれていた。

頼山陽の門に学んだ秋水は、当時、海鴎吟社という詩の結社を下関で作っており、その詩友も加えて連日詩宴を開き、星巌と紅蘭を歓待してくれた。

下関は九州や大陸との交通の要所で、「赤馬関」もしくは単に「馬関」とも呼ばれ、古く平安時代に外国船接待のために臨海館がおかれ、鎌倉時代には元寇に備えた長門探題がおかれた。そして、江戸時代になると、北前船の寄港地として栄えた。

この地には、安徳天皇を祀る阿弥陀寺（明治維新後、廃仏毀釈により赤間神宮とされた）があり、壇ノ浦で滅んだ平家の末路が、より星巌の心を占めた。もともと今回の鎮西の旅では、長崎の異国情緒を求めるのが当初の目的であったが、平田玉蘊の「常磐雪行」の絵を見てから、源平の戦いの記憶

がこの西国にはまだ残っていることを知り、二位の尼と安徳天皇の、悲惨な運命に思いを馳せずにはいられなかった。

星巌と紅蘭が壇ノ浦に訪れた日、海の波は高く、小雨が降り、水の色は不気味なほど碧かった。

「ここの海は、ずいぶん暗い色をしていますね」

「そうだな。同じ瀬戸内の海でも、須磨明石の華やかさや、安芸の海の明るさはないな」

旅の中で、星巌と紅蘭は、歌枕や名所仏閣には出来るだけ足を運んできたが、壇ノ浦では二位の尼の哀しみが未だ消えず、入水して果てた平家一門のすすり泣きが、聞こえてくるようであった。

「安徳天皇を祀る阿弥陀寺というのは、どのあたりにあるのでしょう、すみ様」

「御裳川《みもすそ》で入水された帝の霊を鎮める寺だから、あのあたりではないか」

「あそこには、平家一門の墓もあるそうですね」

「そう。平家七盛の墓というのがあって、今だに琵琶法師の平曲に誘われて、怨霊がやってくるそうだ」

「まあ、怖いこと」

紅蘭は、星巌の着物の袖をつかんだ。

「それにしても、帝が海の中にいらっしゃるとは、おいたわしいことだ。

今ぞしる　御裳濯河《みもすそがわ》の　流れには　浪の下にも　都ありとは

二位の尼はそう詠んで、幼い安徳天皇を抱いて入水なされた」

「玉葆先生の常磐御前の絵も悲しかったですが、二位の尼の話もせつないことですね」

「西国に足を運ぶと、帝が今まで、武士にどれほどひどい目に遭わされてきたのか、改めて思い知らされることだ」

星巌は二位の尼と安徳天皇に心を寄せて、「阿弥陀寺」という詩を作った。

阿弥陀寺《あみだじ》は杳《よう》として　何《いず》れの辺《あた》りぞ
海気《かいき》は濛濛《もうもう》として　水《みず》は天《てん》に貼《つ》く
夜半《やはん》に火《ひ》来《き》たりて　鬼馭《きぎょ》を聞《き》き
雲中《うんちゅう》に柁《かじ》響《ひび》きて　商船《しょうせん》を見《み》る
凄涼《せいりょう》たる破廟《はびょう》　荒山《こうざん》の雨《あめ》
剥落《はくらく》せる残碑《ざんひ》　古路《ころ》の煙《もや》
剰《あま》つさえ白楊《はくよう》有《あ》りて　疎影《そえい》冷《ひやや》かなり
悲《ひ》風《ふう》吹《ふ》き度《わた》る　御裳川《みもすそかわ》

阿弥陀寺はぼんやりとして見えないが、どのあたりにあるのだろうか
海のもやがもうもうと立ちこめ、海の水は空に張り付く
夜半に鬼火が来て、亡霊が馬を走らせる音が聞こえ

雲の中から舵の音が響き、商船が姿を現した
ものさびしく朽ち果てた寺が、荒れた山中で雨に濡れ
はげ落ちた平家の墓が、もやにけむる古道の傍らにある
はこやなぎのまばらな姿が寒々とし
悲しげな音を立てて風が吹く御裳川《みもすそかわ》

関門海峡を渡ると、いよいよ九州に入る。さらに西に向かって、博多の町では土地の豪商、松永子《まつながし》登《とう》の歓待を受けた。

松永子登は、号は花遁《かとん》、戦国時代の武将であった松永秀久《まつながひでひさ》の子孫といわれる。手広く商いを行ない、膨大な財を築き、窮民救済などの町政に携わる傍ら、自らも優れた漢詩『花遁集』を残し、頼山陽や広瀬淡窓《ひろせたんそう》といった文人とも交流した。

「星巌先生、本日はようこそお越しいただきました」

「今回は、松永子登先生のご厄介になろうと思います。先生は、茶山先生にも詩の手ほどきを受けたと、お聞きしていますが」

「はい。そして、六年前に、頼山陽先生がお越しいただいたときには、待ちきれずに下関の広江先生の所まで、お迎えに上がったのですが、今回は梁川星巌先生のお越しを、本当に首を長くして待っておりました」

博多庄屋町の松永子登の清貧堂に着いた星巌と紅蘭は、江戸で評判の漢詩人として紹介され、早速、

亀井南冥《なんめい》の弟で崇福寺の高僧・曇栄《どんえい》や、聖福寺の仙厓《せんがい》和尚など、博多の文人墨客も招いて、二人の歓迎の宴が開かれた。

特に紅蘭は、白壁の土蔵が建ち並ぶ、松永子登の屋敷に着いたときから、その立派な作りに驚いていたが、さらにその宴席の料理に目を見張った。それは地元の海産物を中心に、本膳から四の膳まで備えた豪華なもので、鯛や伊勢エビの浜焼きなどは、山国の美濃生まれの紅蘭にとって、特に珍しい馳走であった。瀬戸内の穏やかな海で育った魚介と違い、荒々しい玄界灘を泳いでいた魚は、誠に美味なるものであった。

「すみ様、これは素晴らしいお料理ですね」

「中国貿易も、今では長崎に限られてしまったが、かつてはこの博多が中国との交易場所だったので、大陸の料理の影響もあるのかもしれないな。子登先生も、海外貿易で財をなしたとお聞きしている」

松永子登は豪快磊落《らいらく》な人柄で、星巌とは特にうまがあった。その宴もたけなわの頃、秘蔵するという宝物を披露しようと持ってきた。

「ところで、星巌先生、この博多がかつて元寇の役の舞台になったというのは、ご存じでしょうが、我が家にはそのときの遺物と伝わる甲冑がございます。よろしければ、ごらんになりませんか」

「ほう、それは珍しいものをお持ちで。是非、拝見願えませんか」

手代が持ってきたモンゴル型の甲は、日本のものとは随分形が違い、円錐形に一枚の鉄板を打ち出して出来ていた。装飾は少なく、甲の頂上には鳥の羽がついている。色は赤茶色で、さすがに五百年以上も前のものでかなり痛んでいたが、それでも何か怪しげな光を放っていた。甲には細かい刀傷が幾つも残り、実戦で使われたものであることは間違いない。酒宴に興じていた人々も、酒を飲む杯の手を止めた。

「まあ、気味が悪い」

紅蘭は、隣の席の星巌の袖を握った。

「日本の兜とは、随分と形も違うものだな。どこでこんなものを手にいれたのですか」

「うちと取引のある旧家にあったのを、譲り受けました。子登先生は、実際に戦いに使われたもの、と聞き及んでいます。頭のてっぺんの刀傷が、その何よりの証拠かと」

「元寇の役で助かった蒙古の者は、わずかに三人とか。あの時は天佑の神風が吹いて、わが大和は救われたと言うが、今の世に異国が攻めてきたときには、どうなることか」

「その時は将軍様がまもってくださるのでは」

「はっ、はっ。天下泰平の江戸で暮らす旗本に、その心意気があるかどうか。それにしても、不思議な思いに誘われるものですな」

憶《おも》えば昔《むかし》　大寇《たいこう》　此《こ》の津《つ》に薄《せま》り
旌旗《せいき》　惨澹《さんたん》として　金革《きんかく》震《ふる》う
是《こ》の時《とき》　天霊《てんれい》　我《わ》が威《い》を佐《たす》け
雷車《らいしゃ》を叱咤《しった》し　飇輪《ひょうりん》を走《はし》らす
須臾《しゅゆ》にして　万艦《ばんかん》　飛塵《ひじん》に滅《めっ》す

能《よ》く生《い》きて還《かえ》る者《もの》　僅《わずか》に三人《さんにん》
此《こ》の冑《ちゆう》　乃《すなわ》ち其《そ》の　遺《のこ》す所無《ところな》からんや
古《ふる》き血《ち》　模糊《もこ》として　痕《あと》　未《いま》だ泯《ほろ》びず

思えば弘安の昔、元寇の大軍がこの港に迫り
軍旗は陰惨にはためき、鎧《よろい》や兜《かぶと》がぶつかった
このとき神風が、我が国の威信を助け
雷をとどろかせ、暴風を吹き上げた
忽ち蒙古の艦隊は、塵のごとく吹き散り
生きて戻れた者は、わずかに三人
この甲冑は、その時遺されたものではないか
古い血の跡が、まだこびりついている

「紅蘭は、再び日本が異国に攻められたらどうなると思うか」
「徳川様が幕府を開いて二百年、泰平の世の中が続いたのですから、星巌先生がそこまで心配なさることもないでしょう」
「しかし、備えをしておくことは大切ではないか」
後年、星巌は海防についての発言が多くなるが、その時に、この博多でモンゴルの甲を見た経験が

生かされたのは間違いない。星巌は、漢籍をとおしてしか知らなかった中国の文明に、ここ九州まで来て実際に触れたように感じた。そして、今異人が日本に攻めてきたら、天下泰平に慣れてしまった日本人に防ぐことが出来るのか。星巌は真剣に考えざるを得なかった。

その後さらに西進し、太宰府を訪れた。博多から太宰府までは、約四里の道のり。大宰府跡、水城《みずき》跡、観世音寺《かんぜおんじ》などの史跡があるが、太宰府天満宮以外は廃墟になって、何も残っていない。

無実の罪で流された菅原道真を祀る太宰府天満宮は、広大な森の中にある。星巌と紅蘭は、天満宮を参拝した後、境内奥の茶屋で休み、名物の梅が枝餅を食べた。道真の時代には配所から見えたという観世音寺も、大宰府の建物も、そこからは見えない。

「九州まで来ると、さすがに大陸が近くになるな。天智の帝が大陸からの防ぎとして作られた大宰府が、平安の世まではあったそうな」

「道真公は漢詩でも有名ですが」

紅蘭が星巌に尋ねると、かつて梨花村草舎で教えていたときの口ぶりで答えた。

「道真公こそ、我が国最大の詩人だろう。今の我々など遠く及ぶまい。道真公が詠んだ、

都府楼《とふろう》は　纔《わずか》に瓦《かわら》の色を看《み》

観音寺《かんのんじ》は　只《た》だ鐘《かね》の聲《こえ》を聴《き》く

この一節は、白楽天の詩の

遺愛寺《いあいじ》の鐘《かね》は　枕《まくら》を欹《そばだ》てて聴《き》き
香炉峰《こうろほう》の雪《ゆき》は　簾《すだれ》を撥《かか》げて看《み》る

より勝っている、と平安の世の人は評したそうだが、きみはどう思うか」

「まあ。どうして道真公の詩が、そんなに評価されたのですか」

「白楽天は、左遷されてもその境遇を楽しんでいる。しかし、道真公は一歩も屋敷から出ず、家の門を『不出門』とまで呼んで謹慎した。それでも、大恩ある宇多帝への尊敬の念は、忘れることない。そこに、当時の人は感動したそうだ」

「それより、この梅が枝餅の美味しいこと」

「それにしても、今の世の中でも、帝がないがしろにされているというのは、山陽先生のおっしゃるとおりかもしれんな。九州は古い歴史のある土地柄。ここまで来ると、ますます尊王の心が、強くなるような気がすることだ」

偉然《いぜん》たる廟貌《びょうぼう》　崔嵬《さいかい》に倚《よ》る
当時《とうじ》を憶《おも》い起《お》こして　悵《ちょう》として且《か》つ哀《かな》しむ
昔《むかし》より　天池《てんち》は蛙黽《あぼう》を産《さん》す

今《いま》において街巷《がいこう》　風雷《ふうらい》を説《と》く
観音寺《かんのんじ》は古《ふる》びて　鐘偏《かねひとえ》に錆《さ》び
都府楼《とふろう》は空《むな》しくして　瓦《かわら》も亦《ま》た灰《はい》となる
惟《た》だ余声《よせい》の消えて　尽《つ》きざる有《あ》り
年年春信《ねんねんしゅんしん》　宮梅《きゅうばい》に到《いた》る

道真公の壮大な霊廟は、広大な地に建ち
延喜の当時を思うと、傷ましく、哀しくなる
昔から宮中の池には蛙が住み、讒言が絶えず
今でも道真公は雷神になり、祟りすると噂される
観音寺の鐘は、古く錆び付き鳴ることはなく
都府楼の瓦も、すでに灰となって今はない
ただ道真公の遺徳の名声は、絶えることなく
毎年天満宮の梅の花は、春の便りをすることだ

一方の紅蘭は、無性に故郷のことが、思い出されてならなかった。

刈萱関《かるかやせき》というのは、もと大宰府の南門にあたり、鎌倉時代の頃までは、関所も実際にあったようだが、星巌と紅蘭の訪れたときには、その遺跡が残るだけで、茫茫としたその風景が、望郷の念を誘う

のだった。

西征千里《せいせいせんり》　更《さら》に西征《せいせい》
雲態《うんたい》　山容《さんよう》　遠情《えんじょう》に関《かか》わる
又《ま》た　是《こ》れ　刈萱関外《かるかやかんがい》の水《みず》
聞《き》くに似《に》たり　阿爺《あや》　児《こ》を喚《よ》ぶの声《こえ》

西へ西へと、千里の旅をする
雲のさまも、山の姿も、すべて私の心のよう
ここは、大宰府刈萱関の外の水が
耳を澄ますと、父が私を呼ぶ声に聞こえる

「私は早くに両親を亡くしたが、きみは母上を先に亡くし、父上に育てられたようなものだったからなあ」

西へ、西へと、ひたすら向かったこの旅ではあったが、実際にここまで来ると、紅蘭は故郷の曽根村のことが、今更に懐かしくて仕方がなかった。

「あの遠くから、かすかに聞こえる水の音は、お父様が私を呼ぶように思います。曽根村の梨の花は、もう散った頃でしょうか。星巌先生のお宅には、立派な竹林がありましたね。筍は今年もとれたのか

しら」

「中国の長安では、四月十五日を『櫻筍厨《おうじゅんちゅう》』と云って、その日は宮中から庶民まで、サクランボとタケノコを食べたそうだ。故郷を離れると、確かに美濃の食べ物は懐かしいが、どうもきみの作る旅の詩は、旅に来た喜びに欠けるものばかりだな。それなら家で私の帰りを待っていた方がよかったのか」

「まあ、意地悪な」

かつて星巌は、私のことを桜桃に喩えて、詩にしてくださったのに、あの優しさはどこにいってしまったのだろうと思うと、紅蘭は悲しくなってきた。

紅事《こうじ》は蘭珊《らんさん》として　緑事《りょくじ》新《あら》たなり
時節《じせつ》に因《よ》る毎《ごと》に　涙《なみだ》巾《きん》を沾《うるお》す
遙《はる》かに知《し》る　櫻筍《おうじゅん》厨《くりや》に登《のぼ》る処《ところ》
姉妹《しまい》団欒《だんらん》　一人《ひとり》を少《か》くを

春の赤い花はさびれて、今は新緑の頃
旅上の私は、季節が変わる度に、手巾をぬらす
きっと今頃は、サクランボや、タケノコが、食卓にのるはず
姉妹団欒の中で、私だけがいない

太宰府を出た星巌と紅蘭は佐賀に入り、かつて星巌自身も、江戸でその門を叩いたことのある儒学者古賀精里《こがせいり》が、まだ佐賀藩にいた時に開いた松水廬《しょうすいろ》を訪れ、精里の子穀堂《こくどう》や、草場佩川《くさばはいせん》らの歓待を受けた後、船で諫早《いさはや》に向かった。

「松水廬の先生方は、本当に親切なお方ばかりでしたね」

「まだ紅蘭は、亀井昭陽《しょうよう》先生の言葉を怒っているのだろう」

それは、博多で松永子登のところを去った後で、当地の著名な儒者亀井昭陽の草江亭に招かれ、詩の応酬をした際に、紅蘭の衣装を見て、

「星巌先生は、娼婦を連れて旅をしているのですか」

と、冷罵されたことを言っている。

「まあ、昭陽先生は、亀井南冥先生のご子息だからな。亀井南冥先生といえば、荻生徂徠《おぎゅうそらい》ゆかりの蘐《けん》園《えん》の学を修めたお方。今のように漢詩が庶民に広がる前で、一部の儒者しか漢詩を作らなかった時に、学問をやった方だから、女連れの旅などもってのほか、というのだろう」

「私だって、もっと綺麗な衣装を着たいのに。旅に出て二年、こんな草臥《くたび》れた粗末な身なりを見て、娼婦の如きとおっしゃるなんて、あんまりです。茶山先生だって、杏坪先生だって、そんなひどいことを、おっしゃらなかったじゃないですか」

「まあ、きみ、そんなに腹をたてるな。昭陽先生もずっと福岡藩で儒者をなさっているので、江戸や京の女を見たことがないのだ。これから向かう長崎にも、もっと綺麗な娼婦はいるだろう」

「星巌先生の旅の目的は、そこだったんですね」

紅蘭に問い詰められて、星巌は笑ってごまかした。

星巌が初めて江戸に行った時、吉原に通い詰めて多額の借金を作り、ほうほうの体で故郷に帰ってきたのは、姉の噂話として知ってはいるが、詳しい事情を直接星巌から聞いたことはない。しかし、今回の西征千里の旅をつうじて、星巌が紅蘭を愛し、大切にしてくれていることはよくわかった。頼山陽は、美濃の江馬細香、尾道の平田玉蘊《ぎょくうん》と、何人もの女性を各地に残しながら旅をし、詩を賦した。けれども、星巌は、紅蘭をどこまでも連れていってくれる。故郷の父や姉たちに会えないのは淋しかったが、その代わりに星巌との絆が強くなったことは間違いない。

有明海の青い海の上を、多くの船の間をくぐり抜けて、ゆっくりと進む船上は、優しく顔をなでる涼風が快い。遠くに望む雲仙岳の雄姿は、旅の目的地が近いことを教えてくれた。西征千里、更に西征。長崎までは、あとわずかである。

潮《しお》を趁《お》う　快艪《かいろ》　去《さ》って双双《そうそう》
疎《そ》雨《う》の澹煙《たんえん》　青一江《せいいっこう》
初日《しょじつ》　忽《たちま》ち晴《は》れて　風水《ふうすい》　麗《うら》らかに
雲仙《うんぜん》の山色《さんしょく》　船窓《せんそう》に到《いた》る

潮流に乗って、船は並んで進む
まだらな雨のごとき、朝もやの江上を進めば

朝日は忽ち晴れて、風も水もおだやかで
雲仙岳の山色は、船の窓まで到ることだ

5 「茉莉花《まつりか》」 文政七年（一八二四年）夏　長崎

諫早《いさはや》で船を下りた星巌と紅蘭は、長崎街道を西に向かった。そして、日見峠を越えると、眼下に長崎の街並みが広がった。

長崎は坂の街である。山の斜面に家々が隙間なく並び、さらに港を挟んだ稲佐山《いなさやま》には、夕陽が沈むのが見えた。

「着いたな」

「ようやく着きましたね。長崎に」

文政七年の夏の終わり。旅の目的地長崎に足を踏み入れると、星巌と紅蘭の二人は、ほぼ同時に言葉を交わした。

峠を下り、長崎の街の中に入る。「長崎くんち」で知られる、長崎の氏神、諏訪神社の前を通り、オランダ人の住んだ出島の銅鑼《どら》の音が響くと、程なく長崎港に着いた。

オランダ船が入港するのは、季節風の関係から六月、七月が多く、星巌と紅蘭も、ここで初めて異国船を見た。

野母《のも》の権現山の遠見番所は、オランダ船を発見すると、大砲を撃って来港を連絡する。すると、長崎奉行は検使を派遣し、多数の曳船によって長崎港に引き入れ、オランダ船も祝砲を発射しながら入港した。

「すごい音ですね。あのオランダ船の大砲は雲に穴を開けるようです、すみ様」

「確かに。私たちが佐賀から乗った船とは、全然違うことだ。あの南蛮船は、元寇の折の外国船とも、仕組みが違うのだろう。三本マストに帆を張って、遙々と千里の向こうの国からやってきたのだからな」

長崎に最初に唐船が来航したのは、永禄五年（一五六二年）。それからほぼ二百年の間、長崎こそが、日本人にとって唯一外国を知ることが出来る地であった。

江戸時代になると、オランダ貿易と同様に、中国貿易も盛んになり、寛永十二年（一六三五年）糸《いと》割符仕法《わっぷしほう》で、唐船の入港が長崎だけに限定されると、多くの唐人も来日するようになった。そして、元禄時代には総坪数で八千坪もあったという、広大な唐人屋敷が作られた。

万畳《ばんじょう》の峯《みね》は囲《かこ》む　一席《いっせき》の天《てん》
海雲崖樹《かいうんがいじゅ》　煙《けむり》よりも碧《みどり》なり
市楼《しろう》は地《ち》を籠《こ》め　空濶《くうかつ》無《な》し
仏刹《ぶっさつ》は山《やま》に縁《よ》りて　互《たがい》に接連《せつれん》す

落日《らくじつ》　鑼声《らせい》　亜蘭《あらん》の館《やかた》
廻風《かいふう》　旗影《きえい》　制江《せいこう》の船《ふね》
時清《とききよ》くして　窺窬《きゆ》の者《もの》を見《み》ず
夷《えびす》往《ゆ》き　蛮来《ばんき》たる　二百年《にひやくねん》

重なる山の峯は、一席の天を円く囲み
海の雲と崖の木々は、煙よりも碧である
市井の家屋は、隙間なく地を覆い尽くし
仏寺は山によりかかり、連なっている
夕陽が沈み、オランダ館の銅鑼の音が響き
廻る風が、中国浙江からの船の旗影を翻す
天下泰平にして、我が国を窺う外人はなく
オランダ人、中国人が往来する、この二百年

それから、星巌と紅蘭が向かったのは、清の大商人で、長崎を訪れる文人たちのパトロンでもあった、江芸閣《こううんかく》の所だった。先に頼山陽が長崎を訪れた時には、江芸閣の来日が遅れて、結局会えずじまいだったが、星巌は江芸閣に快く迎えられた。

その江芸閣の傍らには、常に花月楼《かげつろう》の名妓袖笑《そでさき》が侍り、妖艶な美しさを披露していた。この花月楼

は、幕末に坂本龍馬らがよく利用したことでも知られている。

星巌と紅蘭の座した円卓には、唐の料理を長崎で創意工夫した卓袱《しっぽく》料理が並んだ。小菜、鰭椀《ひれわん》、味噌椀《みそわん》、中鉢、大鉢、煮物、香の物、梅椀といった大皿、小皿が出され、餅や海老、鯛、椎茸、豚の角煮、といった山海の珍味が配膳された。

「さあ、どうぞ召し上がれ。遠方からようこそ長崎においでくださいました」

江芸閣はもう日本滞在が長く、日常会話は日本語が不自由しなかったが、それでも込み入った話になると、漢文で筆談をした。

「江芸閣先生にお会い出来て、とてもうれしく存じます。閣下のお国の料理も、こんなに素晴らしいものなのですか」

「いや、ここの料理は、私の故郷蘇州のものとはいささか違いますが、日本の方のお口に合うようにしてあります。けれども、蘇州にもこの袖笑のような美人は、そういませんよ」

からからと哄笑する江芸閣に合わせて、紅蘭が言った。

「袖笑様は、杏のようなあごと、桃の花のようなお顔で、本当におきれいなお方」

星巌は、江芸閣に誘われ、何度も丸山遊郭に通った。揃いの紅の衣装を着て、連れだって歩いていく遊女たち。出島のオランダ館では港に屋形船を浮かべ、競って異国の歌を歌い、ワインの香りが漂ってくる。その異国情緒溢れる風物を題材にして、竹枝《ちくし》と言われる艶詩を星巌は作っている。

新月《しんげつ》　高高《こうこう》と　夕漪《せきい》に映《えい》ず
河房《こうぼう》　已《すで》に到《いた》る　納涼《のうりょう》の時《とき》
千壺《せんこ》の蛮酒《ばんしゅ》　瑠璃《るり》の碧《みどり》
茉莉《まつり》の香中《こうちゅう》　竹枝《ちくし》の歌声《かせい》

三日月は高く上り、さざ波に映り
河辺の座敷は、もう納涼の季節
千壺の南蛮の酒は、ガラスのような緑色
ジャスミンの香りの中で、竹枝を歌う

一方、さすがに紅蘭も、遊郭にまで供することはなく、星巖が遊郭に出かけた夜は、旅の宿で過ごした。しかし、当帰《せり》を蒔いて夫を待っていた、かつての幼いきみではなく、星巖とやりあう世話女房になっていた。

「おかえりなさいませ。すみ様」

「この長崎は、ジャスミンの花がよく合う町だ。是非、この長崎のことを、頼山陽先生に話したいものだ」

「本当に。私も、頼山陽先生にお目にかかって、先生ゆかりの方々のことを、お伝えしたいもの。袖笑《そでさき》さんは、ジャスミンの花のようなお方。江馬細香《さいこう》先生は梅の花がよくお似合いだし、平田玉蘊《ぎょくうん》先生は、さながら牡丹の花のようでした」

「そして、きみは、四君子たる紅蘭の花というところか」

「まあ、今夜はご機嫌ですこと」

紅蘭は、長崎で過ごした日々を詩に残している。紅蘭にしても、長崎で一番思い出されるのは、ジャスミンの花の香りだった。

倦《う》いて針線《しんせん》を抛《なげう》ち　重《かさ》ねて理《う》むるに慵《ものう》し
汗珠《かんしゅ》　衣《ころも》に透《とお》って　睡《すい》まさに起《お》こる
沙《いさご》は焦《こ》がれ　金《こがね》は鑠《とろ》けて　午《ひる》いよいよ熱《あつ》く
憐《あわ》れむべし　園卉《えんき》乾《かわ》きて　死《し》せんと欲《ほっ》す
晩《ばん》に際《さい》して　稍稍《しょうしょう》として　涼颸《りょうし》を生《しょう》ず
一痕《いっこん》の初月《しょげつ》　細《ほそ》くして眉《まゆ》の如《ごと》し
抹麗《まつり》　花開《はなひら》いて　香把《かおりは》に盈《み》つ
簪《かんざし》にして　鬢辺《びんへん》に向《む》かう　雪離披《ゆきりひ》たり

針仕事をしていても、もういやになってしまう
珠のように汗が流れて、着物に透き通り、眠くなってくる
砂が焦げ、金が溶けるような南国の昼の暑さ

庭の花もかれてしまいそうで、可愛そうなこと
夜になって、ようやく涼しげな風が吹き
二日月が、眉のように細く浮かんでいる
ジャスミンの花が開いて、折り取った手に香る
かんざしにして髪に挿すと、雪のように白く輝く

もっとも星巌は、遊郭通いだけで日々を過ごしていたのではなく、当時の長崎にいた朱柳橋《しゅりゅうきょう》や沈《ちん》綺泉《いせん》などの商人と交流し、漢詩の勉強をすることも忘れなかった。中でも、揚州出身の沈綺泉の語る故郷の話は、とても興味深かった。

「沈先生の故郷の揚州とは、どんな所ですか」

星巌の問いに答えて、沈綺泉は揚州のことを話してくれた。

「揚州は隋《ずい》の煬帝《ようだい》が運河を築いたことで栄え、また煬帝のせいで滅んだ街ですからね」

「多くの詩人に愛された街ですね。白楽天の新楽府『隋堤の柳』にも、その煬帝が、運河の堤に植えた柳を讃えて、

隋堤《ずいてい》の柳《やなぎ》
歳久《としひさ》しく　年深《としふか》くして　尽《ことごと》く衰朽《すいきゅう》す
風《かぜ》は飄飄《ひょうひょう》として　雨《あめ》は蕭蕭《しょうしょう》たり

三株両株《さんしゅりょうしゅ》　汴河《べんが》の口《ほとり》

と歌われていますから、きっと緑の美しい街なんでしょうね」

沈綺泉は和語にも通じていたが、星巌に唐詩を引用されると、さらに揚州を思い出して、懐かしげに答えた。

「そう、長江下流の大都会で、あれほど美しい街もないでしょう。杜牧が『遣懐《けんかい》』で、

十年《じゅうねん》　一《ひと》たび覚《さ》む　揚州《ようしゅう》の夢《ゆめ》

贏《か》ち得《え》たり　青楼薄倖《せいろうはっこう》の名《な》

というとおり、多くの詩人が夢を見た街です。その意味で、日本の長崎もあなたたち詩人に愛されていますから、似ているのかもしれません」

星巌は普段から平仄《ひょうそく》はほぼ暗記していたが、一応『詩韻含英』などの韻書は持っていた。しかし、沈綺泉が中国語で詩を詠ずるのを聞くと、日本人が苦労して平仄を合わせるのとは異なり、もっと自然な感じがした。星巌は漢詩における平仄や押韻の大切さを、改めて教えられたような気がした。

六朝の栄華の跡、文人たちが青春を送った揚州。それはひたすら詩文によるイメージで築かれた街であり、星巌も未だ見ぬ古都への憧れの気持ちを持って、話を聞いていた。

堤柳《ていりゅう》　蕭疎《しょうそ》として　已《すで》に秋《あき》に変《へん》ず
棹謳《とうおう》　橋火《きょうか》　古揚州《こようしゅう》
笛声《てきせい》　吹《ふ》き破《やぶ》る　三更《さんこう》の月《つき》
簾影《れんえい》　春《はる》に揺《ゆ》らぐ　十里《じゅうり》の楼《ろう》
白馬《はくば》の蕭楼《しょうろう》　薄倖《はっこう》と称《しょう》し
錦帆《きんぱん》の天子《てんし》　最《もっと》も風流《ふうりゅう》
豪華《ごうか》　富貴《ふうき》　終《つい》に何《なん》の用《よう》ぞ
尽《ことごと》く商人《しょうにん》に与《あた》えて　話頭《わとう》と作《な》さしむ

堤の柳がまばらに散り、もう秋景色
船頭の歌声、橋の灯火、昔ながらの揚州の街
夜半の笛の音は、月まで響き
楼閣の簾は、春の暖かな風に揺らぐ
白馬に乗った色男は、薄倖だと称せられ
錦の船の天子煬帝は、風流をほしいままにした
そんな贅沢も、結局何の役に立つのか
すべては今、商人の話の種になるだけだ

詩の中の「白馬《はくば》の蕭楼《しょうろう》」とは、揚州で毎晩のように妓楼に通ったという杜牧のことで、「錦帆《きんぱん》の天《てん》子《し》」とは運河を築いた隋の煬帝《ようだい》のこと。

こうして、星巌と紅蘭は三ヶ月ほど滞在した後、オランダ館の銅鑼《どら》と、長崎在住の唐人が建てた、黄檗宗崇福寺《おうばくしゅうそうふくじ》の鐘の音に見送られて、九月に長崎を出発した。

郭《くるわ》を出《い》でて　行行《いくいく》　天既《てんすで》に白《しろ》し
市楼《しろう》　一半《いっぱん》　暁烟封《ぎょうえんふう》ず
多情《たじょう》　誰《たれ》か解《かい》し来《き》たりて　相送《あいおく》らん
蘭館《らんかん》の斗羅《とら》　崇福《そうふく》の鐘《かね》

長崎の街を出て行くと、既に天は明るい
酒家の楼閣は、朝のもやに閉じ込められている
誰が情多くして、私を送ってくれるのか
それは和蘭館《おらんだやかた》の銅鑼《どら》と、崇福寺の鐘の音だけだ

6 「残菊」　文政七年（一八二四年）秋　耶馬溪　亀浦

長崎を後にした梁川星巌は、当時、九州第一の学者として知られていた、広瀬淡窓《たんそう》の「咸宜園《かんぎえん》」を訪ねることにした。

「咸宜」とは『詩経』から取られた言葉で、「ことごとくよろし」という意味。淡窓の思想でよく知られたものに「敬天」というのがあり、人間は正しいこと、善いことをすれば、必ず天から報われると考えた。

広瀬淡窓は、星巌より七つ年上。亀井昭陽に儒学を学んだ後、故郷の日田に私塾「咸宜園」を開き、多くの門人を集めていた。

淡窓の日記には、星巌の来訪が、次のように記されている。

文政七年九月二十日、美濃の人、梁川詩禅来訪《しぜんらいほう》せり。一に星巌と号す。今年三十六。世に詩人の名あり。妻を携えて来たる。是れも亦文字を知り、画を好くす。但し、旅宿に留めて、我が家には携え来たらざりし。

文政七年（一八二四年）九月二十日、美濃の人梁川詩禅が訪ねてきた。星巌とも号す。今年三十六歳。詩人の名声がある。妻を伴ってきた。妻も漢詩を作り、絵がうまい。

ただし、旅館に残して、我が家には連れてこなかった。

「広瀬淡窓先生は、如何でしたか。すみ様」

「お前も来ればよかったのに。淡窓先生は心の広い方で、菅茶山先生のようなお方だった。漢詩も作られる方なので、紅蘭が詩を能くするのもご存じで、一度会ってみたかった、とおっしゃっていた。昭陽先生のように、女に学問は必要ない、とかたくなではなかった」

「そうですか。それなら、私もついていけばよかったですね。咸宜園というのも、黄葉夕陽村舎《こうようせきようそんしゃ》のようなところでしたか」

「茶山先生の塾以上に、多くの若者が学んでいた」

「すみ様も、美濃に戻ったならば、また梨花村草舎《りかそんそうしゃ》を再開なさるのですか」

「私は儒者ではなく、詩人になりたいのだ。私が憧れるのは、頼山陽先生のように、文筆活動で身をたてること」

「それなら、この西征千里の旅で、もう詩嚢《しのう》もいっぱいになったのでは」

「いや、まだまだ、足りぬな。この北の方に、耶馬溪《やばけい》という景勝地があると、頼山陽先生に聞いている。そこに向かいたいと思うが、どうか」

星巌と紅蘭が次に向かったのは、かつて頼山陽も訪れた耶馬溪。耶馬溪に行くには、咸宜園のあった日田から、険しい日田往還を上っていって、ようやくたどり着く。

山陽がここに来たのは六年前。後藤松陰を伴って、当時、中津の南方正行寺《しょうぎょうじ》の住職をしていた、浄土宗の学僧雲華《うんげ》を訪ねる途中に寄った。その日はあいにくの雨であったが、山陽はそこで九つの絶句を得た。

峰容《ほうよう》　面面《めんめん》　看《かん》を趁《お》いて殊《しゅ》なり
耶馬《やば》の溪山《けいざん》　天下《てんか》に無《な》し
安《いず》くんぞ　彩毫《さいごう》の董巨《とうこ》の如《ごと》きを得《え》て
生縑《せいけん》　一丈《いちじょう》　横図《おうず》を作《な》さん

峰々を歩いてみると、みな姿が異なる
耶馬溪の絶景は、天下に他なし
何とかして、董源、巨然のような画家に
一丈の絵巻を、書かせたいものだ

山陽の詩に出てくる「董巨《とうこ》」、即ち、董源《とうげん》、巨然《こねん》は、北宋の山水画の大家。耶馬溪の雄大さに圧倒された山陽は言葉を失い、せめて何とかして、絵にとどめたいものだと嘆息した。後年、山陽は実際に「耶馬溪山水図巻」を描いている。

秋の一日。紺青色の澄んだ空の下、四方ぐるりと岩々が思い思いの格好をしている。そんな耶馬溪を目の前にして、改めて星巌は山陽の詩句を思い出していた。

山国川が削りだした溶岩台地には奇岩が連なり、本耶馬溪《ほんやばけい》、奥耶馬溪《おくやばけい》、裏耶馬溪《うらやばけい》、椎屋耶馬溪《しいややばけい》の四つの渓谷からなるが、なかでも、海望嶺、仙人ケ岩、嘯猿山《しょうえん》、夫婦岩、郡猿山、烏帽子岩、雄鹿長尾嶺、鷲の巣山の八つの景色を、一目で見ることが出来る『一目八景』は、素晴らしい景勝地であった。

「まさに、山陽先生の詩のとおりの絶景だな。頼山陽先生は、『耶馬の溪山　天下に無し』と評されたが、まさにその通りだ」

「本当に。ここは人里からかなり離れた僻地ですので、この素晴らしさがまだ知られていないのですね」

供する紅蘭も、耶馬溪に圧倒されていた。

「私も最初、山陽先生から話を聞いたとき、これほどまでの絶景とは信じていなかったのだが、山陽先生は私を欺いたのではなかった。あの峰を連ねる巖石といい、険しく切り立った絶壁の渓谷といい、このような雄大な景色を造形するのは、まさに天帝のなせるところかもしれぬな。どれ、山陽先生には及ばないが、私も詩にしてみるか」

人《ひと》は知己《ちき》に遭《あ》えば　死《し》すとも亦《ま》た足《た》り
木《き》は良工《りようこう》に遇《あ》えば　異材《いざい》と為《な》る
怪《いぶか》し　個《こ》の渓山《けいざん》の　矜色《きようしよく》を帯《お》ぶるは
曾経《かつ》て　名士《めいし》の品題《ひんだい》し来《き》たればなり

人は自分の真価を知る人に会えば、死んでも満足し
木は名工に出会えば、良材となるものだ
不思議なことだが、この耶馬溪が自ら真価を示すのは
かつて頼山陽という名士が、その詩にしてくれたからだろう

「山陽先生は、雨の中でみるこの風景の面白さを、かつて話してくださった。今日はあいにくの晴天だが、雨の中で見ると、まさに蘇軾《そしよく》の『山色空濛として雨もまた奇なり』の詩のとおりなんだろうな」

「どこまで行っても、この雄大な景色はつきませんね、すみ様」

「そそり立つ岩に、木の根が巻き付いている、この山水画のような光景は、中国でしか見られないものと思っていたが、我が国でもこのような姿が見られるとは思わなかった。今日のこの感動を、是非、山陽先生に話したいものだな、きみ」

この時の星巌は、山陽先生に劣らぬ漢詩をものにしたいというよりも、この素晴らしい絶景を、思

う存分語ることの出来る故人として、早く頼山陽に会いたいという心境だった。山陽の足跡をたどって九州までやってきたが、そこで星巌が改めて感じたのは、詩人山陽に対する畏敬の念であった。

山陽は雨の耶馬溪を見、星巌は晴れた耶馬溪を見た。そのどちらが真の姿なのか、今一度山陽に会って、問うてみたかった。

雲《くも》を吐《は》き　霧《きり》を呑《の》みて　峰出没《みねしゅつぼつ》す
故人《こじん》　曾《かつ》て説《と》く　雨中《うちゅう》の奇《き》
吾《わ》が行《たび》の遺恨《いこん》　君《きみ》知《し》るや否《いな》や
見《み》ず　群竜《ぐんりゅう》の隠躍《いんやく》せる時《とき》を

雲を吐き出し、霧を飲み込んで、峰が次々に現れる
曾て我が友山陽先生は、雨の中の奇観を話してくれた
今日の旅の悔しさを、君はわかってくれるだろうか
あいにくの晴天で、竜が雲にのぼるような景観が、見られなかったことを

耶馬溪を抜けて、瀬戸内の中津の町に出た梁川星巌と紅蘭は、そのまま海沿いに北に向かい、十月二十三日、船で鵜島から下関に向かった。

下関では、再び篆刻家広江秋水の所に滞在した。山陽の下で漢詩を作っていた秋水は、星巌の長崎

で作った詩を見るのを、今か今かと楽しみに待っていた。

「星巌先生、お帰りなさい。九州はいかがでしたか」

「本当に九州はすばらしいところだった。この旅をして、本当に好かったと思っているよ」

「前に、星巌先生をなぜ紹介してくれなかったのだと、詩友の菅老梅《かんろうばい》から文句をいわれましたので、今度は是非、菅君にも会ってやってください」

「ほう、それは楽しみだ。是非、お会いしたいものです」

そして、その翌月の五日、星巌は菅老梅に会った。秋水と共に、下関から東に十里ほどの地にあった亀浦に船を浮かべて、詩会を楽しんだ。

「ようやく、梁川星巌にお会いすることが出来ました。この下関はいかがですか」

菅老梅の喜ぶ声に、星巌は応えていった。

「いや、すばらしいところだ。壇ノ浦の古戦場を見、安徳帝を祀る阿弥陀寺を詣でると、帝の悲運を思う気持ちがつよくなることだが、一方でこのすばらしい風光明媚の地に来ると、国破れて山河あり、というのも確かなことだ、と知らされます。

亡家《ぼうか》　亡国《ぼうこく》　恨《うら》み如何《いかん》せん
壇浦《だんほ》　厓門《がいもん》　豈《あ》に科《か》を異《こと》にせんや
唯《た》だ盲翁《もうおう》の　能《よ》く演説《えんぜつ》する有《あ》り
哀音《あいおん》　一等《いっとう》　鼙婆《へいば》に入《い》る

家を滅ぼし、国を滅ぼす恨みは、どんなものだろう
壇ノ浦で平家は滅び、厓門で宋は滅んだが、異なることはない
ここには、平曲を演ずる盲目の琵琶法師がいて
哀しい音色で、琵琶を奏して語られる」

「お見事な詩です。星巌先生には、もっと下関のことを詩にしていただきたいものです」

「それでは、今日この亀浦で、諸子と船遊びが出来たことも、詩にしてみましょうか」

一櫂《いっとう》の清歌《せいか》　靄《もや》　迺《たちま》ち長《なが》し
小春《しょうしゅん》の天気《てんき》　好《よ》き風光《ふうこう》なり
雲《くも》に定態《ていたい》無《な》く　山《やま》は逾《いよい》よ媚《こ》び
菊《きく》に残花《ざんか》有《あ》り　酒《さけ》は正《まさ》に香《かんば》し
竹《たけ》に依《よ》り　名園《めいえん》　水絵《すいかい》を思《おも》い
流《なが》れに遡《さかのぼ》る　画舫《がぼう》　金昌《きんしょう》を夢《ゆめ》む
酔吟《すいぎん》して　吾《われ》　先哲《せんてつ》を追《お》わんと欲《ほっ》し
緑雨《ろくう》　紅潮《こうちょう》して　夕陽《せきよう》に澹《たん》たり

船頭が櫂を漕ぎ歌うと、靄は長くたなびき
十月の天気は温暖で、風光明媚である
雲は形無く、山にかかって美しく
菊にはまだ花が残り、酒は香り高い
竹林を見ると、それは水絵園を思わせ
遊覧船で流れを遡ると、金昌亭を夢見る
私は酔って、先人の跡を追おうとすると
亀浦が赤くそまり、夕陽が静かに沈むことだ

詩で言う水絵園は『揚州府志』にある名園、金昌亭は『世説新語』に出てくる蘇州の名亭で、そうした故事を引用しながら、亀浦に真っ赤な夕陽が沈む光景を愛でた。

「長崎は異国情緒のある港だったが、この亀浦もそれに劣らぬよき所。源平の古戦場だけではないのですね」

星巌はこの地の新たな詩友との交わりを喜んでいたが、紅蘭はここまで来ると、無性に故郷が恋しくなっていた。

「なんだ。またきみは、早く帰りたい病になったのか」

「相変わらず、失礼な方。九州はどこか異国の趣がありましたが、この老龍園まで戻ってくると、故

郷まで陸続きですから、美濃が恋しくなります。もう旅に出て三年。まだ帰らないのですか」

「そうだな。もう少し詩を作らないと、揮毫も出来ぬし。せっかく知り合いも出来たことだし、ぜひ、もっと詩を買ってもらわねばな」

美濃を出てから三年。長崎まで足を延ばしたが、まだ故郷へ帰れない。本州に戻ってきた安堵を感じるものの、いつまでも続く旅暮らしに、故郷の姉と迎えた正月の団欒が、懐かしく思いだされるのであった。

帰《かえ》るを思《おも》うこと三歳《さんさい》にして　未《いま》だ帰《かえ》る能《あた》わず
紅燭《こうしょく》　依微《いび》にして　暁幃《ぎょうい》を照《て》らす
憶《おも》い得《え》たり　東風《とうふう》の旧粧閣《きゅうしょうかく》
姉《あね》は呼《よ》び　妹《いもうと》は喚《さけ》びて　春衣《しゅんい》を整《ととの》えしこと

三年間、帰りたいと思うものの、まだ帰れない
ろうそくの明かりは、ほのかに夜明けの窓を照らす
思い出すのは、故郷の古い化粧部屋で
姉妹が呼び合って、新春の衣装を支度したこと

翌文政八年（一八二五年）の正月十三日、九州の旅を懐かしく振り返りながら、星巌と紅蘭は船で

下関から広島に向かった。二豊（豊前・豊後）に広がる耶馬溪を思い出し、夢に見ながら、星巌と紅蘭は芸州に入った。

征裘《せいきゅう》　敝《やぶ》れ尽《つ》くして　鬢斑斑《びんはんはん》たり
久客《きゅうきゃく》　春《はる》に乗《じょう》じて　一櫂《いちかい》還《かえ》る
昨夢《さくむ》　恍然《こうぜん》として　蹤已《しょうすで》に隔《へだ》たる
浮雲《ふうん》　残雪《ざんせつ》　二豊《にほう》の山《やま》

旅の衣服も破れて、鬢は白髪交じりになった
旅人は春に乗じて、一櫂に漕ぎ帰ろうとする
昨日の夢はうっとりとして、旅の蹤も遠ざかったことだ
豊前、豊後の山は、浮き雲や残雪に包まれている

7　「梅一枝」　文政八年（一八二五年）広島、尾道、神辺

しかし、広島と下関の間に横たわる普賢洋《ふげんなだ》は海の難所で、行きの時も暴風に襲われ難儀をしたが、

この帰りの船旅でも再び大風に遭い、大変な思いをした。一点の雲が遠くからわき起こると、たちまち長い黒幕が天を覆い、雷まで起きた。中国の伝説では、蚩尤《しゅう》という妖術遣いが黄帝と争ったとあるが、その再来かと思われた。

怒濤《どとう》　屹立《きつりつ》す　天《てん》の中央《ちゅうおう》
我《わ》が舟船《しゅうせん》を奪《うば》いて　箕簸《きは》に当《あ》つ
疑《うたが》うらくは是《こ》れ　蚩尤《しゅう》の兇魂《きょうこん》蘇《よみがえ》り
再《ふたた》び妖霧《ようむ》を吹《ふ》いて　陣図《じんず》を拝《はい》すかと

怒れる大波が、天の中央にそびえ立ち
我が船を奪って、風神が舞い上げるのに任せる
蚩尤の悪霊が、再びよみがえり
怪しげな霧を吹いて、陣をひいたのか

それでも船頭たちは無事に嵐を乗り切り、かろうじて広島に船を着けた。港に着くやいなや、星巌と紅蘭は多くの知己に迎えられた。

「懐かしい方々が、私たちを出迎えてくれていますよ、すみ様」

下関では、ややホームシックにかかっていた紅蘭が、広島城を目にして再び元気を取り戻した。

記《き》す　曾《かつ》て手《て》を握《にぎ》りて　河辺《かへん》に立《た》ちしを
折柳歌《せつりゅうか》残《のこ》して　各《おのおの》　黯然《あんぜん》たり
多愧《たき》す　春風《しゅんぷう》　旧時《きゅうじ》の緑《みどり》
依依《いい》として　我《わ》が帰船《きせん》を繋《つな》ぐを待《ま》つ

かつて別れを告げ、手を振ったことは記憶している
送別の「折柳歌」が心に残り、それぞれ別れを痛んでいた
多分に恥じるのは、昔のままの緑の柳が春風に吹かれ
懐かしそうに、私が船を岸に繋ぐのを、待っていたことだ

広島では、下関以上に星巌と紅蘭は歓待された。中国では、再び二人が巡り会えますようにと、柳の枝を円く輪にして結んで、旅する故人に渡す習慣があったといい、「折柳歌」とは、その送別の時に歌われた詩を云う。

「広島を出てから、一年ぶりですね」

「そうだな。あの時は広島を去りがたくて、いつまでも、船の上から手を振っていたのをよく覚えている」

「普賢洋では嵐に遭い、船が転覆するのではないかという、恐ろしい思いをしましたから、波穏やか

なこの広島の港まで来ると、ほっとしますね。頼山陽先生の叔父の杏坪先生や、ご長男の聿庵《りつあん》さん、加藤王香《おうか》先生、山口西園《さいえん》先生、宮崎木鶏《もっけい》先生。みなさん、お元気なことでしょうか」

「ここまで帰ってくると、一段と故郷に近づいた気がするものだ」

その中でも加藤王香は、星巌と紅蘭が宿に入ったと聞くと、早速梅を一枝届けてくれ、花が好きな紅蘭はたいそう喜んだ。

「本当に王香先生は、お優しいお方ですね」

「今頃は太宰府の梅も咲いていているだろうか。早くお会いして、九州の話をしたいものだ。折から今日、正月十五日は、元宵（上元）の日。まずはお礼の詩を賦そう」

澹粧《たんしよう》　素服《そふく》　可憐《かれん》の春《はる》
羇魂《きこん》を喚《よ》び醒《さま》して　上元《じようげん》を作《な》さしむ
未《いま》だ故人《こじん》を見《み》ざるも　先《ま》ず満意《まんい》
一枝《いつし》　吾《われ》且《ま》つ　温存《おんぞん》を得《え》たり

梅の花は、薄化粧に質素な服を来た、美人のようだ
私の旅心を呼び覚まして、元宵節の祝いをさせてくれた
まだ故人に会ってはいないが、君の心に満足だ
この梅一輪に、私はやさしく慰められた

また、頼山陽の叔父頼杏坪には、蓬莱山国泰寺に誘われ、精進料理を共にしながら、旅の話をした。

国泰寺は芸州浅野侯の菩提寺。楠の大木が木蔭を作っていた。その豊かな緑を見ながら、杏坪が星巌に尋ねた。

「それで、長崎は如何でしたかな」

「漢詩を作る者として、やはり長崎は、一度は訪れるべきでした。あの街は、日本にあるもののまさしく異国。唐屋敷で直に唐人の話も聞けましたし、山陽先生が会えなかった江芸閣《こううんかく》先生にもお会い出来ました」

「言葉は通じましたか」

「江芸閣先生は日本語もお出来になりますが、筆談も交えて。それでも、他の通辞の方に、漢詩をお国の言葉で読んでいただくと、またそれは新鮮でした。ただ、その後、耶馬溪など山陽先生の訪れた名跡を尋ねると、山陽先生の詩才を改めて思い知らされました。長崎には漢詩の修行にでかけたのに、山陽先生のような雄大な句は、私には思いつきませんでしたから」

「確かに、あやつの才能は、天賦の才か、と思ったことはあったがな。だが、星巌君は、星巌君の漢詩を詠めばいい」

「杏坪先生にとって、詩とは如何なるものですか」

「そうだな。いまでは生活の一部であり、暮らしそのものとでも言おうか。詩を抜きにしては、日々の生活が成り立たない。それは、茶山翁も同じだと思うが。それで、九州の食べ物は、美味しくいただけたかな」

「はい。花月楼で、卓袱《しっぽく》料理もごちそうになりましたから」

「それなら、こちらの寺の精進料理も、丁度よかったのでは。はっ、はっ」

「あの卓袱料理というのも、中華料理を日本に取り込んだ不思議なものですが、私には前に広島で食べた牡蠣の味も忘れられません」

「いや、ここの寺の豆乳も美味しいものですよ」

半尺《はんじゃく》の竹胎《ちくたい》　香《かお》り自《おの》ずから勝《まさ》る
一盂《いちう》の豆乳《とうにゅう》　味《あじ》尤《もっと》も新《あら》たなり
床《とこ》に対《たい》して同《おな》じく喫《きっ》す　伊蒲《いほ》の饌《せん》
忘却《ぼうきゃく》す　人間《じんかん》に八珍《はっちん》有《あ》るを

半尺のタケノコの、香りの素晴らしいこと
一椀の豆乳も、味は新奇でよい
食台に向かって、同じく精進料理を食べていると
世間に八つの珍味があることも、忘れてしまう

広島は、西遊の際にも長く滞在したが、この帰途でも居心地が良かったのか、星巌は半年余りも腰

を落ち着けてしまった。長崎行を無事に終えた星巌は、寛いだ気分で過ごし、広島を去る時には、王香らが盛大な宴を催してくれた。

江波洲《えばす》とは、広島の太田川の河口にあった地名で、昔、平清盛が夕陽を呼び戻して開いたという伝説のある、御塔門（音戸の瀬戸）に到着しても、まだ酔いから醒めなかったと云うほど、星巌は心地よく友の酒に酔った。

一席《いっせき》の清風《せいふう》　十里《じゅうり》の程《てい》
恍然《こうぜん》として疑《うたが》う　尚《な》お離亭《りてい》に在《あ》るかと
衣波洲《えばす》の上《うえ》の　故人《こじん》の酒《さけ》
晩《ばん》に塔門《とうもん》に到《いた》って　仍《な》お未《いま》だ醒《さ》めず

一席の帆に吹く風に、十里の行程を進む
ぼんやりと、まだ離別の宴席にいるのかと、疑ってしまう
江波洲のほとりで飲んだ友の酒が
夕方、音戸の瀬戸に到っても、まだ醒めないことだ

広島に続いて、星巌と紅蘭は三原に向かった。

「三原のお城が見えてきましたね。すみ様の酔いは醒めましたか」

船の中で、紅蘭は笑いながら星巌に話しかけた。

「故人と飲む酒は、本当に楽しいものだ。故人がいるところが、即ち私の故郷だ。ややあって、向こうに賑やかな市場が見えてきた。三原は、野菜も魚も取れる、豊かな所だな。いっそ、ここで船でも買って、住み着くか」

「まあ、それでもすみ様は、きっとすぐに、旅に出てしまうことですよ」

城闉《じょういん》を一望《いちぼう》して　意《い》便《すなわ》ち揚《あ》がる
故人《こじん》多《おお》き処《ところ》　即《すなわ》ち吾《わ》が郷《きょう》
市《いち》喧《かまびす》しくして遙《はる》かに見《み》る　商漁《しょうぎょ》の集《あつ》まるを
楼《ろう》出《い》でて聞《き》くが如《ごと》し　罨画《あんが》の香《こう》
澹菜《たんさい》　鰣魚《じぎょ》　皆《みな》種芸《しゅげい》
荒烟《こうえん》　白鹵《はくろ》　幾亭場《いくていじょう》
江山《こうざん》果《は》たして解《かい》して　高詠《こうえい》を容《い》るれば
扁舟《へんしゅう》を買《か》いて　漫郎《まんろう》と作《な》らんと擬《ぎ》す

三原の城門を一望すると、気持ちが高揚することだ
多くの友人がいるところが、私の故郷である
市場は賑やかで、魚売りが集まるのを見

高い楼閣が出て、彩色した絵の香りを嗅ぐようだ
淡泊な野菜や魚子は、みな養殖したもので
荒れた煙や苫屋は、塩を売る屋形だ
この地が私の詩を、理解してくれるならば
私は船を買って、ここにおちつこうか

そして、ここ三原でも、都築《つづき》蘇門《そもん》や平田玉蘊など、多くの知己に歓迎されたが、中でも嬉しかったことは、頼山陽と再会出来たことだった。

山陽の叔父頼春風《しゅんぷう》は、その兄で山陽の父春水と、弟の杏坪《きょうへい》とが、芸藩に儒官として仕えたので、故郷の竹原で家塾を開き、また医者を業としていたが、この年の九月十一日に亡くなった。享年七十三。春水が「方」、杏坪が「三角」と評されたのに対して、春風は「円」と評され、その詩風も、人柄も穏やかな、人格者であった。

山陽は京から駆けつけて喪に服し、さらには母を広島まで送り、その上で京都に帰ろうとして、船を尾道に着けたところであった。星巌は山陽が尾道まで来ていると聞きつけ、早速会いに行った。

尾道は東西に細長い町である。幅二百メートルほどの尾道海峡を挟んで、北側の斜面にぎっしりと家が建ち並び、その間を細い路地が縦横に巡り、坂の上には猫があくびをしていた。

山の上には、空海が開いたと伝わる千光寺がある。その境内の玉の岩には、沖の船からもよく見える光る岩があり、尾道が玉浦と呼ばれる、きっかけになったという。

この地は、瀬戸内海運の中継地として発展し、回船問屋を中心とする豪商が軒を並べて、通過する文人墨客を歓待し、文化都市を築いていた。山陽は、そんな富豪の一人油屋庄右衛門の家に泊まり、「夢研楼《むけんろう》」と称する館に滞在していた。

星巌と紅蘭は、その「夢研楼」を訪ねた。

「山陽先生、ご無沙汰していました。私も山陽先生に倣って九州を旅して、ようやくここまで戻ってきました」

「山陽先生、お初にお目にかかります。紅蘭と申します」

二人に挨拶されて、頼山陽はにっこりと笑いながら答えた。

「星巌君。久しぶり。三年ぶりでしょうか。そして、こちらが評判の内子の紅蘭さんですか。『駱駝歎』は私も読みましたよ。夫婦連れのことを、駱駝でいく、とまで呼ばれるほど、流行しているではないですか。紅蘭さんを連れて旅をする星巌君が、本当にうらやましい」

紅蘭は少し頬を赤らめた。

「それで、九州はどこまで巡りましたか」

「博多から佐賀を抜けて長崎に行き、帰りは日田に広瀬淡窓先生を訪ねて、山陽先生お勧めの耶馬溪《やばけい》に足を入れました。結局、山陽先生の九州行の蹤《あと》を、私は追っていただけです」

「それでも詩作で、詩嚢も一杯になったことでしょう」

「長崎では江芸閣《こううんかく》先生にもお会い出来ましたし、耶馬溪の絶景も堪能しました。残念ながら、山陽先生の詩にあるような、雨の耶馬溪ではありませんでしたが」

「九州ではどこが気に入りましたか」

「雲《くも》か山《やま》か呉《ご》か越《えつ》か、と先生がおっしゃる天草洋も、確かに素晴らしい所ですが、やはり長崎の街には心惹かれました。あの街は、日本の中の異国ですね。九州まで行くと、より漢詩が身近に感じられます」

「丸山の遊郭にも出かけて」

「江芸閣先生のお供で、連日夫は出かけてしまい、私は宿で留守番でした」

紅蘭が口を挟むと、山陽は笑いながら云った。

「ほう、妻女同伴の旅も、そういう時には困ったものですね。私のお供は、後藤松陰君でしたからね」

「山陽先生が羨ましい限りです」

不服そうに頬を膨らます紅蘭を見て、星巌も笑った。

「星巌君の西征千里の詩も、ゆっくりと拝見したいのですが、あいにく明日には京都に戻らねばなりません。どうです、来年の桜の頃に、京都でゆっくりと再会しませんか」

「それは、是非とも。それまでには旅の詩稿も整理しておきましょう。それにしても、この度は春風先生がお亡くなりになり、お悔やみ申し上げます。杏坪先生には、広島の街で、大変好くしていただいたばかりですが」

「ありがとう。杏坪叔父も、星巌君に会えたことを喜んでいましたよ。さあ、まずは一献、酌み交わしませんか」

君《きみ》　故国《ここく》より来《き》たる
悲喜《ひき》　正《まさ》に乗除《じようじよ》す
蒿里《こうり》　歌《うた》を聞《き》きて後《あと》
萱堂《けんどう》　慶《けい》を拝《はい》する餘《よ》
舟《ふね》を停《と》めて　久別《きゆうべつ》を話《はな》し
酒《さけ》を把《と》りて　且《か》つ容与《ようよ》す
再晤《さいご》　豈《あ》に遠《とお》しと言《い》わんや
京城《けいじよう》　花発《はなはつ》するの初《はじ》めに

君は、故国からやってきた
悲喜は正に、差し引きするものだ
叔父上の挽歌を、聞いた後
母上の寿を、祝賀するとは
船を停めて、久闊を叙し
酒を手にして、寛いでいる
再会するのを、どうして遠いと言おうか
京都で花の咲く頃に、また会おう

星巌が旅の思い出を一番語りたかった人は、結局、頼山陽。その山陽と話が出来たのは、望外の喜びであった。

山陽は母親思いとして知られている。叔父頼春風を亡くしたのは悲しいことだが、その葬儀に出かけたお陰で母親の慶寿を祝うことが出来た。先を急ぐ山陽とは、一夜を共にしただけであったが、来年の春には、京都で一緒に花見をしようと約束して別れた。

この日、紅蘭も詩を詠んだようだが残念ながら伝わらず、その紅蘭の詩を継いで作った山陽の詩が「山陽詩集」に収められている。

久別《きゆうべつ》　相《あ》い逢《あ》いて　草草《そうそう》に帰《かえ》る
為《ため》に思《おも》う　蓬髪《ほうはつ》　寒幃《かんい》を守《まも》るを
君《きみ》を羨《うらや》む　旅館《りよかん》　灯影《とうえい》を同《おな》じくし
夫《おつと》は吟嚢《ぎんのう》を理《う》め　妻《つま》は衣《ぎぬ》を補《おぎな》うを

やっと会えたのに、早々に帰らねばならぬとは
思い出すのは、髪もとかずに、家を守る妻のこと
羨ましいのは　宿屋の灯火に身をよせて
夫は詩を書き、妻は衣服を繕っている君のことだ

京都に梨影を残してきた頼山陽は、よほど夫婦連れで旅をする星巌と紅蘭が羨ましかったようだが、二人で旅をした星巌たちの方が、当時としては珍しかった。

宿に帰った後、星巌は紅蘭に尋ねた。

「どうだった、頼山陽先生は」

「そう、豪傑というのか、話す言葉がすべて詩になるようなお方。それでも、結局、平田玉蘊《ぎょくうん》先生とも、江馬細香先生とも、別れてしまわれた。私が星巌先生の側にいるのを、羨んでみえましたね」

「なかなか山陽先生の気持ちを理解するのは、難しいことだ。また、来春にはお目にかかれるかな」

尾道に滞在すること三月余り。木枯らしの吹き出した十一月二日、尾道を出て西国街道を神辺に向かった。途中、橋本竹下《ちっか》、亀山夢研《むけん》、宮原節庵《せつあん》といった人々が、牡牛嶺《ぼうぎゅうれい》まで見送ってくれた。

龍鐘《りゅうしょう》たる双袖《そうしゅう》　餘潜《よせん》を帯《お》ぶ
回望《かいぼう》す　飛禽《ひきん》の翅《つばさ》を接《せっ》して還《かえ》るを
落日《らくじつ》　浮雲《ふうん》　無限《むげん》の思《おも》い
征人《せいじん》　晩《ばん》に度《わた》る　牡牛関《ぼうぎゅうかん》

しとしとと、両袖が涙で湿る
遠くに望む、鳥が翼を接して帰るのを
夕陽と浮き雲は、私の限りなき悲しみ

旅人は牡牛嶺を、夕暮れに渡ることだ

星巌と紅蘭が、どうしても「西征千里の旅」を話したかった、もう一人の人。それが、菅茶山だ。

「先に黄葉夕陽村舎《こうようせきようそんしゃ》を訪れた時は緊張しましたが、今はもう一度あの茶山先生にお会い出来るかと思うと、待ち遠しくなりますね。すみ様」

「私も待ち遠しく思うのは、同じだ。この旅で詠んだ詩句を、是非、茶山先生にお目にかけたい」

西征千里の旅に向かう時には、東から入った神辺宿に、帰途の今回は西から入った。

黒い土塀に囲まれた本陣の前を通り抜け、街道を東に少し進むと、目印の槐《えんじゅ》の大木が遠くから見えてきた。

「やあ、廉塾に着いたな、きみ」

正門からまっすぐ北に延びる路の両側には、里芋や蕪などの野菜が作ってある。中門をくぐると、正面に見えるのが廉塾。案内を乞うた二人は、左手の茶山の私邸に招かれた。

もう火桶が恋しい季節であったが、建物の中は、塾で学ぶ若者たちの熱気で温まる感じがした。

「本当にここに来ると、故郷の梨花村草舎が、思い出されます」

「そうだな。ここはいいところだ」

しばらく待つと、茶山は以前と変わらぬ赤ら顔をして、奥から出てきた。

「茶山先生、三年ぶりです。ようやくここまで戻ってきました」

丁寧に挨拶をする星巌に、茶山は優しく声をかけた。

「長崎までの旅を無事に終えられて、まずは祝着。前に訪ねてくれた時は、確か夏の盛りでしたかな。それで、いい詩は出来ましたか」

星巌は、詩嚢から旅で賦した詩作を取り出し、茶山に差し出した。茶山はそこに収められた詩を、一度ならず読み耽った。その様子を黙って見つめ、茶山の批評を待っていると、茶山はおもむろにこう言った。

「これは、私の詩だ」

それを聞いた星巌は驚き、目を丸くして言った。

「いいえ、先生。これは私がこの三年の間、旅で自ら聞き、見たものを、自分で考え、自分で練り上げた詩です。それを、どうして茶山先生の詩だと、おっしゃるのですか」

茶山は笑った。

「いや、いや、そうじゃない。君が前に私のところに来たとき、もう旅に倦んで、やめようかと、言っていたではありませんか。それで、私が頼杏坪先生などを紹介し、詩を志すなら、是非長崎に行くべきだとすすめて、紅蘭さんにも説得し、やっと君は西に向かった。君はこの詩を西遊の旅で作ったと言うが、その旅は私の勧めで行ったもの。それならば、これは、私の作品同然じゃありませんか」

茶山が人懐っこい笑顔を浮かべてそう言うと、星巌と紅蘭もつられて笑った。このエピソードは、後に茶山が星巌の『西征集』に寄せた、序文の中でも紹介されている。

その夜の酒宴は心温まるものであった。紅蘭もお相伴にあずかりながら言った。

「この菜は、門の外にあった蕪でしょうか。美味しいこと。曽根村でも、もう蕪の季節でしょうか」

「詩経では蕪のことを葑菲《ほうひ》と言い、葉も根も捨てずに食べることから、夫婦円満の様をいう。茶山先生が、私ごときを見捨てずに、温かく接してくださるのは、本当にありがたいことだ」

星巌と紅蘭の会話に応じて、茶山は言った。

「星巌君は、立派に長崎まで旅を成し遂げ、素晴らしい詩を得たじゃないか。私も君のような若い詩人と話すのは、実に楽しいことだ。山陽君が九州に行った時は、薩摩が随分と気に入ったようだったが、星巌君のお気に入りはどこかね」

「それは、やはり長崎と、山陽先生が詩で褒め称えた耶馬溪でしょうか。また、頼春風先生は残念なことでしたが、そのお陰で、服喪に訪れた山陽先生にも、尾道でお会い出来ました」

「兄弟三人、並びに風流、というところだったが、山陽君の父春水、叔父の春風が亡くなり、残るは杏坪先生お一人になってしまわれた。淋しいことだね。山陽君も京に帰る途中で、この神辺に立ち寄り、私の晩酌につきあってくれ、君の噂もしていたよ」

「雲か山か呉か越か、同じ光景を前にしても、ああした山陽先生のような雄大な句はなかなか思い浮かびません」

「山陽君のあの詩才は、天性のものだと思うが、星巌君は努力の人。この旅の詩稿を見せてもらうと、異国の風物を巧みに詠みこんでいる。旅で新しい詩の境地も得たのじゃないかな」

「茶山先生にお褒めいただき、まことに嬉しく存じます。三年前、旅に疲れてこの黄葉村舎にやってきましたが、あの時に旅をやめなくて、本当に良かったと思います」

天涯《てんがい》の倦客《けんきやく》　吟魂《ぎんこん》冷《ひ》ややかなり
行李《こうり》重《かさ》ねて過《す》ぐ　黄葉村《こうようそん》
流水《りゆうすい》　浮萍《ふへい》　我《わ》が跡《あと》を嗟《さ》し
斜陽《しやよう》　高柳《こうりゆう》　君《きみ》が門《もん》を認《みと》む
心《こころ》を論《ろん》ず　白酒三杯《はくしゆさんばい》　釅《げん》なり
面《めん》に満《み》つる　春風一夕《しゆんぷういつせき》　温《あたた》かなり
深荷《しんか》す　葑菲《ほうひ》　不棄《ふき》を承《うけたまわ》るを
半生《はんせい》の浪泊《ろうはく》　復《ま》た何《なに》をか言《い》わん

旅に疲れた旅人は、詩心も醒めてしまい
行李を携え、再び黄葉村舎を訪れた
流水と浮き草の如き、我が旅の跡を歎き
夕陽が柳にかかる頃、茶山先生の門を見た
私の心を論ずる三杯の酒は、とても美味く
春風のような先生の顔は、温かさに満ちている
かぶらの根のような私を、見捨てない先生に感謝する
半生の放浪の苦労など、どうして言おうか

茶山の所を去った後も、星巌と紅蘭は悠然と旅を続けた。西に向かった時は、大坂から岡山まで船で行き、一路、茶山のいる神辺を目指したが、帰りは一度四国に渡り、金比羅さんにお参りをすることにした。

讃岐の象頭山《ぞうずさん》中腹にあった金刀比羅宮《ことひらぐう》は、「こんぴらさん」と呼ばれて親しまれ、特に海運に携わるものの守り神として、漁師や船乗りの信仰を集めていた。往路の時は西国街道をひたすら西に向かったが、帰路では寄り道もよかろうということになった。

高松から象頭山に向かう途中、細かい雨が降り、四国随一の名山、剣山がそびえ立っているのも、はっきりとは見えなかった。古道はもの寂しく、痩せて疲れた馬が、とぼとぼと上っていく。白衣の巡礼に、夕陽が差し込んでいた。

白布《はくふ》の衫児《さんじ》　落暉《らくき》を帯《お》ぶ
象頭山上《ぞうずさんじょう》　香《こう》を進《すす》めて帰《かえ》る
黄昏《こうこん》　一霎《いっしょう》　神霊《しんれい》の雨《あめ》
馬尾《ばび》の軽塵《けいじん》　湿《しめ》りて飛《と》ばず

白衣の単衣が、夕陽を帯びている
象頭山金毘羅宮に、香を供えて帰った
黄昏時に、ひとしきり神妙な雨が降り

馬の尾の塵埃も、湿って飛ばないことだ

「やはり、金比羅さんにお参りをして、旅の無事をいわなければ。すみ様」

「そうだな。長崎までの旅の途中、幾度となく危うい目にも遭ったが、無事でここまで帰ってこられたのも、金比羅さんのお陰かもしれないからな。金比羅宮は海の神様。伊勢神宮だけお参りするのは、片参りと言うからな」

「そういえば、昨夜の宿でお会いした梅辻春樵《しゅんしょう》先生というのは、どういうお方ですか」

「もとは、日吉神社の神主だが、京都で活躍なされている有名な詩人でな。年は私より一回りほど上のはずだが、お若いことだ。こんなところで、金比羅参りにいらした春樵先生に、思いがけずもお会い出来るとは。京都が近くなった証拠だろうな」

「それでは、また京でゆっくりお話をうかがいたいものですね」

頼山陽に続いて、知人に邂逅したことで、星巌はいよいよ京が近づいてきたのを感じた。

天涯《てんがい》に萍合《へいごう》して　情《じょう》　転《うた》た長《なが》し
纔《わずか》に同《おな》じく一酔《いっすい》し　即《すなわ》ち離觴《りしょう》
君《きみ》は海路《かいろ》に従《したが》い　吾《われ》は山路《さんろ》
帰装《きそう》を料理《りょうり》して　各自《かくじ》に忙《いそが》し

天の果てて偶然お会いし、友情も殊に深まることだ
やっと酒を酌み交わせば、もう別れの盃となる
君は海路に従っていき、私は山路を行く
帰り支度を準備して、それぞれに忙しいこと

8 「躑躅《つつじ》」 文政九年（一八二六年） 播州路、摂州路

再び山陽道に戻ると、文政九年（一八二六年）の元旦は、岡山の浦上春琴《しゅんきん》の所で迎えた。浦上春琴は、備前出身の画家浦上玉堂《ぎょくどう》の長子で、山水画を能くする優れた画家であった。かつては頼山陽と共に旅に出て、春琴の絵に山陽が賛を書くということが多く、山陽に認められた梁川星巌のことも、特に歓待してくれた。

今年《こんねん》　又《ま》た除夕《じょせき》
寄食《きしょく》　尚《な》お天涯《てんがい》
世《よ》に在《あ》る　誰《たれ》か客《きゃく》に非《あら》ざらん
安心《あんしん》　即《すなわ》ち是《こ》れ家《いえ》

夜風《やふう》　雪絮《せつじょ》を吹《ふ》く
春意《しゅんい》　燈花《とうか》に入《い》る
聊《いささ》か復《ま》た　婪尾《らんび》を伝《つた》う
醺然《くんぜん》として　早霞《そうか》に到《いた》る

今年もまた歳暮を迎えたが
やはり旅先で寄食している
この世で誰が、旅人でないものがいようか
安心出来るところが、即ち我が家である
夜の風は、雪の綿を吹き
春の心は、燈火の花になった
三杯の酒を飲み
快く酔い、夜明けの刻となった

「これはお見事な詩ですな」

春琴は星巖の詠んだ詩のことを褒めた。

「旅に出て、四年目の年の暮れ。今年も旅先で歳暮を迎えることになりましたが、それでも私は、こうして詩を語れる方と共に過ごせるのは、楽しくて仕方がありません。昨年の暮れは下関の広江秋水先生の所で過ごし、今年は浦上春琴先生と席を共に出来るのも、頼山陽先生のご紹介があってのことです」

「私もかつては、山陽先生と共に各地を旅したものです。美濃に行って、江馬細香先生にもお会いしたこともありました」

「私は早く美濃に帰りたいのに」

星巌の隣に座っていた紅蘭がつぶやくのを聞いて、星巌が言った。

「どうも、妻の紅蘭は、早く帰りたい病にかかっていまして、美濃の江馬細香先生の名前を聞き、病がひどくなったようです」

春琴と星巌は声を合わせて笑った。

「それで、星巌先生は、この旅の後、どうなさるおつもりで」

「まあ、暖かくなったら、一度は故郷に帰るつもりですが。でも、その前に、京都の桜見物をしようかと、山陽先生にも誘われていますから」

「ところで、婪尾《らんび》を伝《つた》う、とはどういうことですか」

紅蘭の問いかけに対して、星巌が答えた。

「一座の人々にあまねく酒をついで、末座の者は三杯酒を続けて呑むことを、婪尾の酒、というもの。春琴先生は、漢詩も能くされるから、ご存じであろう」

「はっ、はっ。でも私は、山陽先生ほどは呑めませんよ」

そして、春になるのを待って、星巌と紅蘭は再び西に向かった。

加古川、明石、須磨、一ノ谷、湊川、西宮と、播州路、摂州路をたどりながら、詩を賦していった。

小巘《しょうけん》　平岡《へいこう》　路《みち》　幾《ほとん》ど湾《まが》る
人家《じんか》　一半《いっぱん》　湿雲《しつうん》の間《かん》
知《し》らず　洞口《どうこう》　桃開《ももひら》くや未《いま》だしや
暁雨《ぎょうう》　濛濛《もうもう》たり　上巳《じょうし》の山《やま》

小さな峯や、平らな丘陵で、路は幾度か彎曲している
人家の半ばは、湿った雲の間に佇んでいる
洞の入り口の桃が、咲いたかどうかは知らないが
明け方の雨は、濛濛と上巳の節句の山に立ちこめる

星巌と紅蘭が播磨路を歩いたのは、三月三日上巳の節句の頃。新緑が芽吹き始め、その山並みは耶馬溪のような険しさはなく、どことなく優しい姿をしていた。それは、故郷の美濃の山の姿に近く、旅の終わりが近づいていることを知らせた。

「雨もあがり、加古川に霞がかかっています。気持ちのよい道ですね」

「そうだな。旅人が慰められるような光景だ。この先にも、須磨、明石や一ノ谷、湊川という古跡が

続く。それらの碑文を尋ね、是非読んでみたいものだ」
「それにしても、ここは眺めのよい所です。淡路島が、鏡のように穏やかな瀬戸内海の上に浮かんでいます」

遠《とお》く廃寺《はいじ》を尋《たず》ねて　荒草《こうそう》を披《ひら》く
細《こま》かに残碑《ざんひ》を読《よ》んで　緑苔《みどりこけ》を剥《は》ぐ
只《た》だ道《い》う　遊人《ゆうじん》は行歩《こうほ》緩《ゆる》しと
播山《ばんざん》已《すで》に破《やぶ》れて　摂山《せつざん》来《き》たる

遠く荒廃した寺を訪ねては　草をかき分け
細かに碑文を読んでは　緑の苔を剥ぎ取る
旅人は歩くのが遅い、と言われるが
それでも播州の山は過ぎて、摂州の山が迫ってきた

西征千里の旅の始めは、エキゾチックな言葉や、新奇な表現を求めようとする気負いもあったが、故郷が近づくにつれて、心のゆとりも出来たのか、のどかな詩が多くなった。

一方で、一ノ谷の古戦場に訪れた時は、源平の昔が偲ばれ、気が引き締まる思いがした。

平家の大群を、源範頼は東の生田の森から、義経は西の一ノ谷から攻めて激突。特に搦手に向かった義経は、山陰道から丹波路をたどって、背後の崖伝いに平家に迫った。

その戦いの場であった、須磨の松林の中にある、「一の谷戦の濱」碑を見て、紅蘭は言った。

「ここから見上げると、一の谷というのは急峻な所ですね。本当に、こんな急な坂道を、馬が駆け下りることが出来るのでしょうか。

すみ様が、玉葆《ぎょくほう》先生の絵に賛して、

他年《たねん》　鉄枴《てつかい》　峰頭《ほうとう》の険
三軍《さんぐん》を叱咤《しった》するは　是《こ》れ此《こ》の声《こえ》

と詠まれた鵯越《ひよどりごえ》とは、ここのことですね」

星巌も須磨の松林から、鉄枴山《てつかいさん》を見上げた。

「寿永三年二月七日というから、ちょうど今頃の季節か。平家に、源氏の範頼軍五万四千騎、義経軍二万騎の大軍が襲いかかったのだから、さぞかし悲惨なことであったろう。

二十余春《にじゅうよしゅん》　夢《ゆめ》　一《いっ》に空《むな》し
豪華《ごうか》　吹《ふ》き散《さん》ず　海耎《かいぜん》の風《かぜ》
山《やま》は殺気《さっき》を排《はい》して　参差《しんし》として出《い》で

潮《しお》は冤聲《えんせい》を迸《ほとばし》らせて　日夜《にちや》に東《ひがし》す
憶《おも》う昔《むかし》　満宮去鷁《まんきゆうきよげき》を悲《かな》しみしを
往事《おうじ》を将《もつ》て　飛鴻《ひこう》に問《と》わんと欲《ほっ》す
斕斑《らんぱん》　剰《あま》し見《み》る　英雄《えいゆう》の血《ち》
塹樹《ざんじゅ》　鵑啼《けんな》きて　朶朶《だだ》紅《くれない》なり

平家の二十年あまりの夢は、一度に空しく消え
その栄華は、須磨の浦風に吹き飛ばされた
山はたちこめる殺気を、おしころしてそびえ
潮は怨念をほとばしらせて、日ごと東に流れる
思えば昔、宮中の者すべてが、都落ちを歎いたが
過ぎ去りし日々を、空飛ぶ雁に尋ねてみよう
辺りの樹には、英雄の血の跡が残っているかと見えたが
砦にホトトギスが鳴き、ツツジの花が赤く咲いていた」

「二十余春というのはなぜですか」
「平家がその地位を固めた、平治の乱があった平治元年（一一五九年）から、源義仲によって都落ちをした寿永二年（一一八三年）までの歳月が、およそ二十年だからな」

「海耎《かいぜん》、というのも聞かない言葉ですが」

「寂れた海辺の地のことを言う。山陽先生の詩にも、

　山勢《さんせい》　北《きた》より来《き》たりて　海耎《かいぜん》に迫《せま》る

とこの地を表現されている」

「爛斑《らんぱん》、というのは？」

「ホトトギスの吐いた血のように、英雄たちの血のあとが見える様子を表現してみたのだが」

「ホトトギスは、喉から血が出るまで鳴く練習をする、といいますからね」

「この辺りは初夏になると、源氏と平家の旗のように、赤と白のツツジが一面に咲き、源平躑躅《つつじ》、と呼ばれているそうだ。私は平家の遺恨を、躑躅の花に託して慰めたい」

「そして、安徳天皇があの阿弥陀寺で入水なされたのですか。おいたわしいことですが、またこのツツジの花を見に来ましょうよ。すみ様」

生田《いくた》を過《す》ぎ尽《つ》くして　更《さら》に東《ひがし》に向《むか》う
海天《かいてん》の午雨《ごう》　澹《たん》として濛濛《もうもう》たり
浪華《なにわ》は　正《まさ》に　双眉《そうび》の睫《しょう》に在《あ》り
只《た》だ欠《か》く　孤帆《こほ》　一片《いっぺん》の風《かぜ》

生田を過ぎてしまって、更に東に向かう
海辺の空は、昼の雨で薄暗い
難波はもう目の前なのだが
ただ一そうの船を送る、風もないのが残念だ

そして、星巌と紅蘭は、後藤松陰の待つ難波に、ようやくたどり着いた。

「お帰りなさい、星巌先生」

「松陰君、やっとここまでたどり着いたよ」

星巌は、三年ぶりに再会した後藤松陰に、笑顔で答えた。

そして、松陰と並んで二人を待っていた町子夫人も、紅蘭に話しかけた。

「紅蘭さんも、よくご無事でお戻りになりました。きっとお辛いこともあったでしょうに。旅はいかがでしたか」

「美濃を出て、三年前にお邪魔した時には、松陰先生と町子さんの励ましが無ければ、ここの難波で旅をやめているところでした」

「いえいえ、確かあの時、私ならそんな大変な旅に同行しませんよ、と、旅をやめるように勧めたのではないでしたか」

町子夫人の答えに、四人は大笑いした。

「今夜は、お二人の旅のお話を肴にして飲みましょう」

その夜、梁川星巌と紅蘭、後藤松陰と町子夫人は、旅の思い出を語り合った。

もともと、後藤松陰は美濃の人ということもあり、星巌と紅蘭も、久しぶりに故郷の人に会った気楽さでくつろげた。

「それで、星巌先生は、今度の旅ではどこが一番気に入りましたか」

「まずは目的地の長崎かな。あそこは日本にあって、日本でないような、異国の香りのする所だ。そして、壇ノ浦や玄界灘の荒々しい光景、太宰府の菅公の遺跡、耶馬溪、そのどれもが素晴らしい所だった」

「それは、さぞかし星巌先生の詩嚢も、一杯になったのでは」

「あわせて、菅茶山先生や、頼杏坪先生を始めとして、広江春水先生、松永子登先生など、頼山陽先生ゆかりの詩人や、各地の名士と知り合いになれたのは、本当に嬉しかった。松陰君が、私のことを前もって知らせておいてくれたことには、感謝しきれないばかりだ」

「それは良かったですね。星巌先生の旅のお手伝いが出来て、私も嬉しいです」

「結局私は、山陽先生の旅の足跡を追ってきたに過ぎないが、そこで改めて教えられたのは、山陽先生の詩の素晴らしさだな。あの九州の雄大な風景は、山陽先生の雄大で偉大な才能があって、初めて詩に出来るのだと思ったことだ。そして、下関の阿弥陀寺や、一ノ谷の合戦跡地などに訪れると、山陽先生がなぜ帝への畏敬の念を持たれたのか、その訳もわかったような気がしたよ」

「そういえば、星巌先生はまだ帰ってこないのか、と先日も山陽先生からお尋ねがありましたよ。京の桜もそろそろ咲きそうだから待っているとか」

「それは大変。先に尾道で山陽先生に邂逅した時、京で花見をする約束をしたからな。松陰君のところで、ゆっくりくつろぐ訳にもいくまい」

京都の花がすでに開いたと聞いた星巌は、結局難波に滞在したのは三日だけで、急遽三十石船で淀川（澱水《でんすい》）を遡った。

風《かぜ》に梳《くしけず》り　雨《あめ》に沐《もく》して　路三千《みちさんぜん》
帰《かえ》りて浪華《なにわ》に到《いた》り　纔《わずか》に肩《かた》を息《やす》む
何物《なにもの》の鶯花《おうか》ぞ　催《もよお》し喚《さけ》ぶこと急《きゅう》なり
又《ま》た追《お》う　上水澱江《じょうすいでんこう》の舟《ふね》

風に吹かれ雨にうたれて、路行くこと三千里
ようやく難波に帰り、やっと肩を休めた
急に私を呼ぶのは、どこの桜と鶯か
また淀川を遡る船を追って、京に上ることだ

9 「梨の花、再び」　文政九年（一八二六年）京都、曽根村

春うららかな季節、船から見える山々は、ちょうど屏風絵のようで、新緑がよく映えていた。また岸辺の松は鮮やかな翠《みどり》、水車の影が水面に射している。もう、瀬戸内の海の上を船で旅した時のような、遭難の恐れもない。

京が近づくと、特に初めて京を訪れる紅蘭は、期待で胸を膨らましていた。

「きみは京に入るのは初めてだったな。どこに行きたい」

「そうですね。金閣寺、銀閣寺という、黄金に輝く寺があるのでしょう。今の私の汚れた旅の衣服でお参りしていいものでしょうか」

「はっ、はっ、はっ。そうだな。ここに来るまで長く旅をしてしまったことだ」

雲《くも》に敲《たた》く　清磬《せいけい》　金銀《きんぎん》の寺《てら》
水《みず》を隔《へだ》つ　嬌絃《きょうげん》　桃李《とうり》の街《まち》
好箇《こうこ》の軟紅《なんこう》　佳麗《かれい》の地《ち》
能《よ》く　我《わ》が破芒鞋《はぼうあい》を　容《い》るるべけんや

金閣寺、銀閣寺には、雲間から楽器の音がし
桃の花咲く色街には、艶めかしい弦歌の声がする
この華麗なる、美人が歩く浄土に
破れた草鞋で、踏み入れていいものか

「まあ。私はくたびれた服をきて、清らかなお寺に行きたくない、と言っただけなのに、またすみ様の京での目的は、祇園の色街ですか」

「長崎の丸山遊郭では、お前は留守番だったからな」

「袖笑《そでさき》様にいいつけますよ」

「袖笑は本当に綺麗な方であった」

「では、私はどうだとおっしゃるのですか」

「まあ、そういきり立つな。京では、まず頼山陽先生をお訪ねせねばならないから、祇園に行くのはその後だな。都は何と言っても天子様のいらっしゃる所。宮城《きゅうじょう》には五色の雲がかかっている、と言われている。金閣寺、銀閣寺に行く前に、遠くからでも皇居を拝したいものだ」

「この旅では、安徳帝のおいたわしい最期も知りましたし」

「後漢の班固に両都賦が、晋の左思に三都賦が、また張衡には両京賦がある。中国の詩人たちが皇帝を称える詩を作っているのだから、私も作らなければな。勤王の精神こそが、私が一番山陽先生から学んだことだ」

形勢《けいせい》　山河《さんが》　目《め》を挙《あ》げて驚《おどろ》く
五雲《ごうん》　高《たか》く擁《よう》す　鳳凰城《ほうおうじょう》
自《みずか》ら知《し》る　蟣蝨《きしつ》たる臣材《しんざい》の小《しょう》なるを
敢《あ》えて毫《ふで》を抽《と》りて　帝京《ていきょう》を賦《ふ》せず

目を上げて山河を見ると、驚くばかりだ
五色の雲が高くかかっている、都の皇居
自分はしらみの如き卑小な臣下だと、知っているから
あえて筆を手にして、帝を称える詩を作らないのだ

伏見で船を下り、そこからは伏見街道を北上し、深草の里を通り抜けて、一路京に入った星巌と紅蘭は、まずは木屋町にあった頼山陽の水西荘に向かった。

瀟洒な水西荘の庭では、山陽自らが植えた桜の木が、丁度満開に花をつけていた。

「星巌君、待ちかねたぞ。桜が散ってしまわないかと」

「山陽先生、難波の後藤松陰君から、京の桜も見頃を迎え、先生もお待ちかねだと聞き、とりあえず駆けつけました」

「京の桜は、いにしえから詩にされているだけあって、美しいだろう」

「岡山でお世話になった浦上春琴先生なら、この日の桜をどのように描かれることか」

「春琴君は元気だったかな。彼とは一緒に旅に出たこともある仲だ。確か、江馬細香のところに初めて行ったのも、彼の紹介じゃなかったか。君も細君を伴って旅をしているのだ。せっかくだから、私も妻の梨影を連れて、嵐山にでも行こうか」

翌日、星巌は紅蘭を、山陽は梨影をと、それぞれ妻を連れて、嵯峨野に向かった。

嵐山の渡月橋近くの料亭から、今を盛りと咲き誇る桜の花が見え、さらにその背景には小倉山が霞んでいた。

「まあ、きれい」

思わず感嘆の声を上げる紅蘭に、星巌は答えた。

「ようやく今度の旅行も、先が見えてきたな。やはり京の桜は美しいことだ」

朝雨《ちようう》は乍《たちま》ち晴《は》れて　花《はな》は烟《けむ》りを帯《お》ぶ
浅紅《せんく》　一幅《いつぷく》の錦山川《にしきさんせん》
微風《びふう》　乱《みだ》れず　香《かお》り逾《いよい》よ密《みつ》なり
嫩日《どんじつ》　来《き》たり烘《は》えて　色更《いろさら》に妍《けん》なり
尾《び》を銜《ふく》む　彩舟《さいしゆう》　三月《さんげつ》の水《みず》
声《こえ》を闘《たたか》わす　嬌管《きようかん》　百鶯《ひやくおう》の天《てん》
也《ま》た荊布《けいふ》を携《たずさ》え　春《はる》を銜《つ》きて去《さ》る

究竟《きゅうきょう》　劉綱《りゅうこう》は是《こ》れ散仙《さんせん》

朝の雨はたちまち晴れて、花は煙りに霞み
山川はあたかも、一幅の紅の錦を着ているようだ
微風にも乱れない、花の香りはさらに強く
温かい春の日に、花の色はさらに美しい
江上では色鮮やかな船が、前後に連なり
天上では無数の鶯が、なまめかしく声を闘わせている
私も共に妻を連れて、春を楽しんでいる
結局、劉綱のごとき仙人になれるのか

すると、星巌の詠んだ詩に対して、隣の紅蘭がたずねてきた。

「劉綱《りゅうこう》とはどういう人ですか、星巌先生」

「『神仙伝』にでてくる中国の人で、道術をよくし、夫人と一緒に天に昇ったという伝説があってな」

「そうやって星巌君にものを聞く紅蘭さんは、まさしく梨花村草舎の生徒だね」

山陽にからかわれて、紅蘭は頬を赤らめた。

「この旅では、山陽先生ゆかりの方々には、本当にお世話になりましたが、特に茶山先生には長崎行きを強く進められ、励まされました。先生の廉塾は、そのお人柄を反映するような、素晴らしい私塾

ですね」

「私が今日都で一家を成しているのも、菅茶山先生のお陰であることは、十分にわかっている。茶山先生もお元気でしたか」

「はい、それは」

星巌は、山陽に酒をつぎながら答えた。

「私は二人の子の世話で忙しく、山陽先生と旅を共にすることは出来ませんが、紅蘭さんも長旅で、大変だったことはありませんでしたか」

梨影夫人に声をかけられ、紅蘭は恥じらいながら答えた。

「最初、私の家族からも、そんな長旅は無理だと反対されたのですが、それでも結局、星巌先生についていってよかったと思います」

「まあ、それはよかったこと」

「紅蘭も、今度の旅で詩人になれたのではないでしょうか。芭蕉翁も奥の細道の旅で言っているように、詩人は旅をすみかとすることで、ようやく詩人になれるように思います」

「結局、紅蘭さんが、星巌君の一番弟子という訳か」

山陽の言葉に、また一同から笑いが起きた。

「せっかく星巌君も、花の都に来たのだから、もっと花を見に出かけないか」

ところが、この花見の宴の後、旅の疲れが出た星巌は病に臥し、烏丸《からすま》通りの寓居で十日余り寝込んでしまった。
三月二十八日、ようやく病の癒えた星巌が、再び山陽に招かれた時には、花吹雪となった後だった。

子規《しき》　叫叫《きょうきょう》　雨《あめ》　糸《いと》の如《ごと》し
客舎京城《かくしゃけいじょう》　病起《びょうき》の時《とき》
流水《りゅうすい》　愁《うれ》いを漾《ただよ》わして　終《つい》に海《うみ》に到《いた》り
風花《ふうか》　雪《ゆき》と為《な》りて　枝《えだ》に還《かえ》らず
百年《ひゃくねん》　肝胆《かんたん》　人《ひと》の見《み》る無《な》く
近日《きんじつ》　頭顱《とうろ》　鏡《かがみ》の知《し》る有《あ》り
唯《た》だ此《こ》れ　平生《へいぜい》の茅季偉《ぼうきい》
吾《われ》を招《まね》いて　灯下《とうか》に清卮《せいし》を倒《たお》さしむ

ほととぎすが叫び、雨が糸のように降る
私は京の宿で、病の床から起きたばかり
川の水は、愁いを漂わして海へと到り
花吹雪は、枝に帰ることもない
人生百年、私の心を知る人はなく
鏡を見ると頭髪も薄く、老いたのを知るばかり

いつものように茅季偉たる君だけが
私を招いて、灯火の下盃を空けさせてくれるのだ

「星巌君が病で臥している間に、京の花も終わってしまったことだね。さて、これから星巌君はどうするつもりだい」

「とりあえずは、一度、故郷の美濃に帰ります。そこで、この西国旅行の間に作った詩稿を整理し、出来れば出版したいと思います」

「そうか。それもいいだろう。けれども、美濃にひっこんでしまうと、星巌君の詩才が十分に認められないのではないか」

「今回の旅行も、山陽先生の知己をたどって、各地の文人、名士を紹介していただき、その潤筆料で旅が出来ました。でも、詩を作ることだけで生活するには、山陽先生ほどの名声がなければなかなか難しく、あの柏木如亭先生でも、晩年の生活は苦しかったことも承知しています」

「いや、いや。私はただ気のむくままに、詩を詠んでいるだけだ。それで、特に広島の母上には、ご心配をおかけし続けたから」

「後漢の茅季偉《ぼうきい》は、親孝行として世に知られた人物ですが、山陽先生の孝行ぶりも、それに劣ることはありませんから」

「まあ、大垣に戻ったら、細香のところにも一度訪ねてほしい。そして、また落ち着いたら、京に戻ってきなさい、星巌君」

山陽と京の春を満喫した星巌と紅蘭は、四月になって京を発し、いよいよ故郷の美濃へと向かった。

東君《とうくん》と並《なら》び　程《てい》を起《お》こさんと擬《ぎ》す
幾朝《いくちょう》か雨《あめ》に阻《はば》まれて　行《い》くこと能《あた》わず
無情《むじょう》の春色《しゅんしょく》　攙先《ざんせん》し去《さ》る
緑樹《りょくじゅ》　残鶯《ざんおう》　伴《ともな》いて城《しろ》を出《い》づ

春の神の東帝と並んで、旅に出ようとしたが
幾朝か雨に阻まれて、出かけられなかった
けれども、無情の春景色も助けてくれたので
今度こそ、新緑と鶯を連れて、京を出よう

京都から東に、逢坂の関、大津宮、唐崎の松、安土城跡、鏡山と古跡を辿って、近江路を通り抜け、柏原宿を過ぎると、いよいよ美濃の国に入る。

五年ぶりの故郷は、もう三十八歳になる星巌よりも、ようやく二十三歳になる紅蘭のほうが嬉しそうであった。紅蘭の詩に云う。

廉纖《れんせん》として　山雨《さんう》緑《みどり》に
鞋策《あいさく》　自《おの》ずから忽忙《こつぼう》なり
登《のぼ》り登《のぼ》りて　高《たか》き処《ところ》に到《いた》り
雲底《うんてい》に　始《はじ》めて郷《ごう》を望《のぞ》む
料《はか》り知《し》る　諸姉妹《しょしまい》
予《あらかじ》め　与《ため》に壺觴《こしょう》を具《ぐ》するを
夜燈《やとう》は　応《まさ》に蘂《ずい》を吐《は》くべし
乾鵲《かんじゃく》は　定《さだ》めて吭《こう》を弄《ろう》するならん

小雨が降って、山の色は緑になったが
草鞋に杖をついて、自然と足は速くなる
峠を登り詰めて、関ヶ原まで来ると
雲の底に始めて、郷里が見える
思うに姉は、私たちのために
ご馳走を準備していることだろう
夕べ行灯の火には、花が出来たであろうし
鵲《かささぎ》もきっと鳴き立てたことだろう

「待っている人が来るときは、行灯《あんどん》に花が出来て知らせる、と言いますからね。きっと私と星巌先生が帰ることを、姉はもう知っていますよ」

「きみは迷信深いな」

星巌は、紅蘭の話を聞いて笑った。

関ヶ原から中山道を、垂井、赤坂の宿へと進む。

雨上がりの田舎道を、星巌と紅蘭は歩いていく。折から、田植えの始まった田の中で、蛙がやかましく鳴いていた。

赤坂の宿を通り過ぎたところで、すれ違った一人の老いた農夫が、紅蘭の姿を見ると、驚いて顔を上げた。

「あれ、稲津様のところの、きみさんじゃないですか」

紅蘭も喜んで声をあげた。

「ようやく今、帰ってきました」

「これは、嬉しいことで。早速みなさんに知らせないと」

その顔見知りの農夫は、星巌と紅蘭が戻ってきたことを伝えに、今来た道を走って引き返した。

西国三十三カ所巡りで知られる谷汲山華厳寺《たにぐみさんけごんじ》に通じる、谷汲街道との分かれ道を過ぎたあたりで、ようやく雨もあがった。

そして、夕陽が伊吹山に沈もうとする頃、故郷の曽根村の家が見えてきた。

門の前では、星巌の弟の長興と、紅蘭の姉のとうが、二人を待っていた。

天涯《てんがい》　頻《しき》りに夢《ゆめ》む　太刀《たち》の鐶《かん》
今日《こんにち》　真誠《しんせい》　故山《こざん》に向《む》かう
残雨《ざんう》　虹明《にじあき》らかにして　草野《そうや》を経《へ》
夕陽《せきよう》　雀噪《すずめさわ》ぎて　柴関《さいかん》を認《みと》む
応《まさ》に同《おな》じかるべし　栗里《りつり》に情話《じようわ》多《おお》きに
比《ひ》せず　羌邨《きようそん》に泣《な》き顔《がお》足《おお》きに
慚愧《ざんき》す　門前《もんぜん》　旧栽《きゆうさい》の柳《やなぎ》も
也《ま》た　青眼《せいがん》を舒《の》べて　吾《わ》が還《かえ》るを待《ま》つ

天の涯を旅して、しきりに帰郷（太刀の鐶）する夢をみたが
今日は本当に、故郷に向かおうとしている
雨上がりに虹は明るく、草野を過ぎ去り
夕陽に雀が騒ぐ中に、我が家の柴の門を認めた
陶淵明が故郷の栗里に帰って、話が尽きないのと同じで
杜甫が故郷の羌邨で、泣いて迎えられたのに比べられまい
慚愧に耐えないのは、かつて私が門前に植えた柳も
阮籍の青い目をして、喜んで迎えてくれることだ

星巌と紅蘭のエキゾチックな詩は人気を呼び、後に上木された、長崎の旅日記とも言える詩集『西征集』は、梁川星巌の代表作となった。
その序文で、頼山陽は二人を、次のように紹介している。

伯兎《はくと》は清羸《せいるい》、詩《し》を嗜《たしな》むこと命《いのち》の如《ごと》し。
その婦《ふ》もまた吟《ぎん》を解《かい》す。
夫婦《ふうふ》相携《あいたずさ》えて、書《しょ》を嚢《ふくろ》にし、筆《ふで》を橐《ふくろ》にして、
偏《あまね》く西南《せいなん》の山水《さんすい》に遊《あそ》び、意《い》に適《てき》すれば、輒《すなわ》ち留滞《りゅうたい》す。

星巌は詩にとりつかれ、命をかけて詩を作った。
その夫人も詩をよくした。
夫婦一緒に詩を作っては袋に入れ、
広く西国を旅して気に入れば、そこに滞在した。

下　志士《しし》星巌《せいがん》

10「帰去来《ききょらい》」　弘化二年（一八四五年）江戸　玉池吟社

「もう、美濃に帰るか」

書見をしていた梁川星巌《やながわせいがん》は、お茶を運んできた妻の紅蘭《こうらん》にこう言った。

「きみと一緒に美濃を出て、長崎に向かってから、今年で何年になる」

「私がすみ様と結婚したのは十七の時。もう今年で二十五年過ぎました。西征千里の旅に出たのは十九の時ですから、もう二昔の前のこと」

「そんなになるか」

「江戸に来たのが天保三年（一八三二年）ですから、それからでも十三年になりますよ」

「きみにも、苦労をかけたからな」

西征千里の旅を終えた後も、星巌と紅蘭は郷里の美濃にとどまることなく、旅を続けた。

京都を拠点に、大坂、伊勢、彦根などを転々とし、各地の文人と交流しながら、詩を詠んだ。

今でこそ星巌も、漢詩の大家として名が通っているが、江戸に来たばかりの頃は苦労も多く、家計を顧みない星巌のために、紅蘭の着物も、簪《かんざし》も、生活のための質草になってしまった。

遊蹤《ゆうしよう》　歴歴《れきれき》たり　幾山川《いくさんせん》
弓鞋《きゆうあい》を破費《はひ》して　憐《あわ》れむべし
又《ま》た是《こ》れ旅包《りよほう》　煙《けむり》を得《え》ず
君《きみ》が裙衩《くんさい》を脱《だつ》し　君《きみ》が鈿《でん》を抜《ぬ》く

旅を歴訪して、幾つの山川を越えたことか
草鞋を履きつぶし、気の毒なこと
江戸に来ても、米塩の資が得られずに
おまえの着物やカンザシを抜いて、質に入れた

それでも、神田のお玉が池に、「玉池吟社《ぎよくちぎんしや》」という詩社を開いてからは門弟も増え、江戸一番の詩人とまで、評されるようになった。

そして、『星巌集』を出すに至って詩人の評価も高まり、ようやく生活も安定してきたところだったので、紅蘭にしてみれば、もう少し江戸にいたい気もあった。

「江戸を去ることに、きみは不満か」

が、星巌の前の紅蘭は、いくつになっても、私塾「梨花村草舎《りかそんそうしや》」の生徒だった頃のきみのままで、星巌の決めたことには結局逆らえなかった。

「今まで、すみ様のなさることに、私が反対したことがありましたか」

二人だけで話す時、紅蘭は今でも星巌のことを「すみ様」と呼ぶ。

むっとした口調で、紅蘭がそう答えると、星巌は完爾《かんじ》と笑った。

「そうだったな」

「それで、江戸を出るのは、いつですか」

「すぐ、という訳にはいくまい。玉池吟社も閉めねばならないし」

「これから忙しくなりますね、先生」

「はっ、はっ、はっ。きみが私のことを、先生、と言う時は、ご機嫌斜めの時だからな」

星巌にからかわれて、紅蘭は少し苛立ってきたが、もうそれ以上口答えはするのはやめた。

「でも、美濃に帰って、細香《さいこう》先生にお会い出来るのは楽しみなこと。私の詩集も、読んでくださったかしら」

星巌は『星巌集』を出した時、紅蘭の詩集も『紅蘭小集《こうらんしょうしゅう》』として刊行し、美濃の江馬細香にも届けていた。今では紅蘭も、女流詩人として少しは知られるようになったので、細香の批評は是非聞きたかった。

しかし、星巌はその紅蘭の言葉には応えず、再び本を読み始めた。

隣家に住む佐久間象山《さくましょうざん》が、琴を持って星巌のところにやってきたのは、それから一週間後のことだった。

神田の「お玉が池」といえば、千葉周作の北辰一刀流の道場「玄武館」があった場所として有名だが、もともとこの界隈には、儒者、漢学者などが多数住んでおり、江戸の学問の中心地でもあった。神田湯島にあった昌平坂学問所を国立大学とするならば、「お玉が池」は私立大学が乱立しているような所で、詩社を開くには最高の場所であった。

かつてはここに、市川寛斎《いちかわかんさい》の江湖詩社《こうこししゃ》、大窪詩仏《おおくぼしぶつ》の詩聖堂《しせいどう》があり、漢詩をやるものには聖地ともいうべき場所であったが、その建物は火災で烏有《うゆう》に帰していた。江戸に来て二年後の天保五年（一八三四年）秋、星巌は満を持して、その「お玉が池」に玉池吟社を作った。

経営《けいえい》　草草《そうそう》たり　十旬余《じゅっしゅんあま》り
断手《だんしゅ》す　玄冬《げんとう》　鬢発《ひんはつ》の初《はじ》め
崇厦《すうか》　豈《あ》に能《よ》く鳥雀《ちょうじゃく》を安《やす》んぜんや
把茅《はぼう》　琴書《きんしょ》を庇《ひ》するに足《た》るを取《と》る

玉池吟社《ぎょくちぎんしゃ》の建築を始めて、心を煩わすこと百日余り
造営が終わったのは、風も寒くなった十一月の初め
大きな建物は、雀のような私に、どうして必要あろうか
一把の茅葺きの家で、琴と書物が覆えれば十分だ

『江戸名所図会』によると、池の隣にあった茶屋の看板娘お玉が、あるとき二人の男性から言い寄ら

れて、悩んだお玉は池に身を投じ、人々が彼女の死を哀れに思い、それまで桜ヶ池と呼ばれていたこの池を「お玉が池」と呼ぶようになり、お玉稲荷を建立して彼女の霊を慰めたという。

ただし、星巌が玉池吟社を建てた時には、「お玉が池」は埋め立てられて、無くなっていたが、星巌は新たに池を作り、竹や樹木を周りに植えて、その池の隣に屋舎を構えた。最初は瀟洒な一棟だけであったが、最終的には三棟の建物が出来、ここに集った詩人は千余人に及んだと言われている。

佐久間象山は、玉池吟社が出来た五年後、たまたまその隣に私塾「象山書院」を開き、それ以来、星巌、紅蘭とは親しくしていた。後に象山は洋学者として有名になるが、最初は佐藤一斎《さとういっさい》に朱子学を学び、山田方谷《やまだほうこく》と共に「佐門の二傑」と称され、儒学を教えていた。

また、象山は和歌や漢詩、書画にも通じ、琴を好んで奏でていた。ここでいう琴とは、古琴、七絃琴とも言われるもので、中国では文人が嗜むものとされ、紅蘭もこの琴に秀でていた。それで、この日も象山は、琴曲の演奏を学びに来たのだった。

「聞きましたよ。星巌先生、江戸を去られるとか」

象山は、玉池吟社に入ってくるなり、挨拶もなく、いきなり紅蘭に話しかけた。

「ええ、あの人は一度言い出したら、他の人の話など聞かないのはいつものこと」

「で、星巌先生、今ご在宅で」

「今日は、いくつかの大名屋敷に挨拶回りに。帰郷を決めてから、急に忙しくなって。でも、象山さんと会う約束をしていたのは、確か夕刻のはずでは」

「いや、今日は時間があったので、紅蘭先生と、久しぶりに琴をご一緒出来ればと思い」

紅蘭は、七つ年下になる象山に好感を持っていた。

「それでは、二木三岳先生に教えていただいた曲ですが、合わせてみませんか」

象山は異相である。額は広く、鼻筋は高く、濃い眉毛の下で目は深くくぼみ、まるで異人のようであった。しかし、そんないかめしい風貌にあわず、琴の演奏は非常に細やかで、風雅な響きがした。


夕刻、改めて星巌と象山は対酌した。

「それで、江戸を去られるのは、いつ頃のおつもりで」

「夏までには、と考えておるが、いろいろとお礼に回らねばならぬところも、多くてな」

「私も、星巌先生にここまで親しくしていただいたので、淋しい限りです」

「はっ、はっ、はっ。僕がこうして、江戸で楽しくやってこられたのも、象山君と知り合えたからだからね」

自説を譲ることのない象山に対して、玉池吟社の中には毛嫌いする人も多かったが、星巌は何かと馬が合うようで、よく酒を酌み交わしていた。

賞心《しょうしん》　我《われ》只《た》だ　君《きみ》を要《よう》して共《とも》にす
手《て》を揮《ふ》って遣《や》る　他《た》の間雑《かんざつ》の人《ひと》

花を観賞するのに、僕には君が必要なのだ

他の邪魔な人は、手を振って追い払おう
酒を持ってきた紅蘭は、談笑する二人に話しかけた。

「星巖先生と、象山さんは本当に仲のよいこと。私は邪魔な人間かもしれませんね。お二人の会話には参加しませんので、追い払われる前に、自ら失礼いたします」

笑いながら奥に下がっていく紅蘭の後ろ姿を、象山はじっとみていた。

かつて、長崎まで旅に出ていた頃、星巌に随う紅蘭が、芸妓と間違えられたという噂を、聞いたことがある。四十過ぎても清楚な紅蘭をみていると、若き頃はさぞかし美しかったのだろう、と象山は想像した。

「時に、水戸の藤田東湖《とうこ》君の謹慎は、まだ解けないのかね」

「斉昭《なりあきら》公さえ、幕府の要職を解かれ、謹慎させられたままですから。東湖先生も、小石川の水戸藩下屋敷に、幽閉されているようです。今回の、星巖先生の江戸退去も、幕府の横やりを案じてですか」

「天保五年の大火で私が焼け出された時に、藩邸の一室を与えてくれたのは東湖君。それ以来、水戸学をつうじて、勤王の精神を教えてくれたのも東湖君だ。今の私があるのも、頼山陽先生と、藤田東湖君が支えてくれたからだと、思っているよ」

「この先、天下を憂う者は、さらに状況が厳しくなるかもしれません」

「私は所詮、市井の漢詩人。象山君は松代藩の後ろ盾があるから大丈夫だろうが、御三家水戸藩の東湖君でさえ罰せられるご時世に、私がこのまま江戸にいては、何があるかわかるまい。漢に劇孟《げきもう》という侠客がいたのを、象山君は知っているか。彼は酒を飲んでは叫んでいたそうだが、私も同じだ。今の幕府に対して、嘆かずにはいられまい。

　角鷹《かくよう》　翅《つばさ》を垂《た》れて　饑吻《きふん》を鳴《な》らす
　吾《わ》が徒《ともがら》　何処《いずこ》にか幽憤《ゆうふん》を洩《も》らさん

　鷹のような劇孟は、翼を垂らして鳴いている
　私の仲間は、どこで憤りを晴らせばよいのか」

「その幕府に対する憤りが、星巌先生が江戸を去ろうとなされる、真の理由ですか。先生が、先年、房州をめぐる旅に出かけられたのも、近年、異国船が我が国にやってくる様子を、実際に見聞なされたかったのだ、と私は思っていましたが」
「そうだ。房州南端の忽戸《こつと》で、果てしなく広がる海をみながら、いつの日か異国船が江戸をめざしてやってくるのではないか、と思ったものだ」
星巌は象山に、房州の詩を披露して、ため息をついた。

　海角《かいかく》の清風《せいふう》　瘴煙《しようえん》を捲《ま》く
　遥空《ようくう》　米《こめ》を点《てん》ず　或《ある》いは蕃船《ばんせん》か

青茫茫外《せいぼうぼうがい》　誰《たれ》か能《よ》く究《きわ》めん
八丈《はちじょう》　無人《むじん》　阿那《あだ》の辺《へん》

岬の爽やかな風が、不快なもやを運び去る
遙かに見える米粒のようなのは、或いは異国船か
青い海の彼方を、誰が極められようか
八丈島の向こうの、無人の島々を

「異国船が我が国に近づいているのに、今の幕府はそれに対する対策をしていない。困ったものだ。その点、象山君はよく考えている。君の海防八策には感心したよ。

一、海岸要害の地に砲台を備える。
二、オランダ交易での銅の輸出を禁じて、大砲数千門を鋳造する。
三、西洋にならい堅固な大船を作る。
四、異国人の通商を厳しく取り締まる。
五、艦船を造り、水軍術を西洋より習わせる。
六、津々浦々に学校を造り、教化を盛んにする。
七、賞罰を明らかにして、民心の結束をはかる。

八、身分に関係なく、才能学識のあるものを士分に取り立てる、貢士の法制度を作り、人材を登用する。

清国のような屈辱を、日本が味わわされることのないように、早く海軍をつくるべきだろう」

佐久間象山は、幕府の海防係になった松代藩の真田幸貫《さなだゆきつら》侯に仕えていたが、天保十三年（一八四二年）に、異国船打ち払い令が撤回された後、我が国を異国から守る備えとして、この海防八策を献策した。

星巌に褒められた象山は、少し得意げに問いかけた。

「これから我が国を、異国からどう守るつもりですかね、今の幕府は。仙台伊達藩の斎藤竹堂《ちくどう》先生が、中国のアヘン戦争のことを書かれた『鴉片始末《あへんしまつ》』を、幕府の要人は読んでいるのでしょうか。私が江《え》川英龍《がわひでたつ》先生の下で、兵学を学ぼうと思ったのも、『鴉片始末』を読んだのがきっかけでしたから」

「異国に対抗するため、この国を一つにまとめるには、帝を奉るしかあるまい。頼山陽先生の『日本外史』を読んで歴史を学べば、そんなことはすぐにわかることだ。斎藤竹堂君も玉池吟社に参加してくれたので、海防についていろいろ教わったよ」

星巌は、一段と声を潜めて、話を続けた。

「象山君は、斎藤拙堂《せつどう》君に会ったことはあったかな」

「『玉池吟榭記《ぎょくちぎんしゃき》』を書いて、玉池吟社を紹介された方ですね」

「彼も、津藩の重臣として海防には苦労しているようだ。美濃に帰ったら、いずれ、斎藤拙堂君に会いたい、とは思っているが」

「今はどこの藩でも、幕府がしっかりしていないので、外国船の応対に苦心していることでしょう」

「玉池吟社に集ってくれた弟子たちが、それぞれに今の政治に困っている。私も、彼らに出来るだけのことをしてやりたいという気持ちで、江戸を去る決意をしたのだ。それで、象山君は京に上る気はないのかね」

「私は、もう少し江戸で頑張ってみます。これから、さらに、異国船の来訪も増えることでしょう。まずは海防をしっかりしないと、攘夷も出来ませんからね」

象山は自己主張が強く、自説を曲げることは決してないが、その強引さが、ある意味若者らしくて、星巌は好感をもっていた。

そして、そんな傲岸不遜《ごうがんふそん》な象山が、紅蘭と一緒に琴を合奏するのは、ほほえましかったが、もうその姿をみることもあるまいと思うと、星巌は少し淋しさを感じた。

玉池吟社《ぎょくちぎんしゃ》を閉じるにあたって、神田の料亭で開かれた星巌の送別会は、江戸中の漢詩人が集まったか、と思われるような盛会だった。

かつて、元禄の頃の漢詩は、武士が儒学を修めるかたわらに学ぶものだったが、江戸も終わりの頃になると、武士以外の階層にも漢詩が広まり、星巌の弟子も多彩をきわめた。そして、星巌は門下の詩人の育成にあたって、一つの詩風に強制せず、唐、宋、明、清詩の好むところを自由に学ばせたので、さまざまな個性を持った俊才が集まった。

名残を惜しんで集まった主な顔ぶれを挙げれば、彦根藩士岡本黄石《おかもとこうせき》、丹後田辺藩士嶺田楓江《みねだふうこう》、最長老の増上寺学頭梅癡《ばいぎ》上人、品川正徳寺の住職南園、頼山陽の弟子でもあった藤井竹外《ふじいちくがい》、小倉藩医の子竹内雲濤《うんとう》、後に京都に住んだ遠山雲如《うんにょ》、などであった。

星巌はその中に、頼山陽の三男、頼三樹三郎《らいみきさぶろう》を見つけ、特に声をかけた。三樹三郎は昌平黌《しょうへいこう》に入るため江戸に来た際、詩の添削を頼みに来たことがきっかけで、星巌のところに通うようになった。

「三樹三郎君も、学問に忙しい中、来てくれたのか。美濃から京は近いので、長楽寺の頼山陽先生の墓には、必ず参拝しようと思っている。君も京に戻る折には、必ず私の所に寄ってくれたまえ」

「はい、星巌先生。泉下の父には、三樹三郎は元気でやっている、と伝えてください。私も漢詩を賦して、また先生のご指導を仰ぎにまいります」

「山陽先生も、君のことは最後まで心配されていた。どうか早まったことはしないでほしい」

星巌は多くの門人を前に、別れの挨拶をした。

「ここ、神田お玉が池は、市川寛齋先生が江湖詩社を開き、続いて大窪詩仏先生が詩聖堂を開いた、漢詩人にとっては聖なる地。

二老《ふたろう》の風流《ふうりゅう》　空《むな》しく想像《そうぞう》す
百年《ひゃくねん》の人世《じんせい》　幾《いく》たび遷移《せんい》す

寛齋、詩仏の風流は、空しく想像するだけで

百年の人の世は、幾たびも移り変わってしまった

そこに私が、天保五年に玉池吟社を開いてから今日まで十一年、多くのみなさんに参集していただき、私も幸せな毎日でした。本日をもって、玉池吟社も一応閉じることにしましたが、皆様方がこれからも詩人として活躍なさることを、私としては切に願います」

そして、その日集まってくれた友人、門人に対して、別れの詩を賦した。

講《こう》を侯門《こうもん》に売《う》って　両鬢《りようびん》皤《は》たり
書生《しよせい》は往往《おうおう》　奔波《ほんぱ》に死《し》せり
帰《かえ》り来《き》たりて　我且《われまさ》に郷友《きようゆう》に誇《ほこ》らんとす
十年《じゆうねん》の余地《よち》を　留《とど》め得《え》て多《おお》し

長年諸大名に詩を講義しているうちに、両鬢も白くなった
書生は衣食に奔走しているうちに、往々として死んでしまうもの
自分は早く帰郷して、郷里の友に誇りたい
今なら十年は長生きして、十分に余りあるだろう

成立《せいりつ》　宛《あたか》も新竹《しんちく》の繁《しげ》るが如《ごと》し

自《みずか》ら矜《ほこ》る　才俊《さいしゅん》の吾《わ》が門《もん》に聚《あつま》りしを
一朝《いっちょう》　決別《けつべつ》　能《よ》く涙《なみだ》なからんや
看取《かんしゅ》せよ　班班《はんぱん》　満袖《まんしゅう》の痕《あと》を

諸君の学問が成長するのは、竹が繁るかのようだ
これほど俊才が、門下に集まったのは我が誇り
今朝、諸君と決別するのは、涙なしにはいられない
私の袖の涙の痕を、どうかみてほしい

弘化二年（一八四五年）の六月。夏の暑さの盛りの頃。星巌と紅蘭は中仙道《なかせんどう》に道をとって、江戸を旅立った。

星巌の弟子のうち、江戸っ子の大沼枕山《おおぬまちんざん》と、近江育ちの小野湖山《おのこざん》は、板橋宿までお供をし、房総の鈴木松塘《すずきしょうとう》に至っては、美濃まで師に従ったと当時の記録にある。子どものいなかった星巌と紅蘭は、こうした年若い弟子たちを、我が子のようにかわいがり、枕山、湖山、松塘の三人は、後の明治の詩壇で中心的存在となった。

十三年前、江戸に来た時の心細さに比べて、これほど大勢の友人、門下生に見送られるのは、本当に星巌にとっても、夢のようなことであった。玉池吟社の盛況ぶりを考えると、今江戸を去ることは確かに惜しくもあったが、一方では、これから次の自分の人生が始まるという気概も、星巌にはあっ

た。

垂柳《すいりゅう》　隄《つつみ》は囲《かこ》む　三里《さんり》の水《みず》
条桑《じょうそう》　雨《あめ》は暗《くら》し　満村《まんそん》の煙《けむり》
故園《こえん》の兄弟《けいてい》　亦《ま》た　衰謝《すいしゃ》す
安《いず》くんぞ　欒頭《らんとう》暮年《ぼねん》を収《おさ》むるを得《え》ん

しだれ柳を植えた堤は、郷里の水郷を三里囲み
桑の枝に降る雨は、村中に薄暗く煙っているだろう
故郷の兄弟も、年老い、衰えた
どうして今帰郷し、一家団欒の歳末を迎えないのか

二十代で初めて江戸に出た時には、世を憂えるということはなかった。しかし、昨今の日本をとりまく状況を考えると、星巌の詩人の魂は、憂国の思いにとらわれずにはいられなかった。反面、故郷に帰るのは今しかない、という気持ちも、星巌にはあった。

一方で、望郷の思いは、紅蘭のほうがさらに強かっただろう。夫との二人旅に、いくら慣れてきたとはいえ、望郷の念が周期的に襲ってくる旅暮らし。久しぶりに家族団らんの時を迎えられるという喜びは、江戸を去る悲しみより大きかった。

甲府を抜け、信濃路に入り、さらに木曽路に入る頃には、郷里の水郷地帯の柳に囲まれた堤が目に浮かんでくる。幼き日に初めて紅蘭が星巌に出会った、私塾「梨花村草舎《りかそんそうしゃ》」の梨畑は、今実りの時を迎えている頃か。紅蘭は浮き立つ心をどうにも抑えられなかった。かつて、東海道を江戸に向かった時は、各地の旧跡を尋ねて詩を賦しながらの旅であったが、この帰郷の際には、旅の詩を一首も残していないところに、星巌も紅蘭も、如何に故郷に帰るのを心待ちにしていたのかがわかる。

馬篭宿を抜け、落合宿に入るといよいよ美濃国になり、山容も優しくなる。美濃の山は信州の山ほど険しくなく、穏やかに旅人を迎え入れてくれる。木曽川を下り、太田宿を過ぎて岐阜の南の加納宿に入ると、濃尾平野の田園風景が目の前に広がり、養老山、伊吹山も視野に入ってくる。もう険しい山道も峠もない。美江寺《みえじ》観音に旅の無事のお礼を言い、長良川を呂久の渡しに乗って越えると、いよいよ星巌、紅蘭二人の故郷である曽根村が見えてきた。

11 「南游」　弘化三年（一八四六年）美濃　曽根村

「長興《ながおき》、ようやく帰ってきたよ」

星巌が江戸から帰ってくるのは、三度目のこと。最初は、十八歳の時に学問を志して江戸に出たが、吉原遊郭に通い詰めて多額の借金を抱え、後見者の太随和尚に許しを乞い、借金を片付けてもらった。

その時に坊主頭とし、以後、髪を束ねるだけの総髪姿で過ごし、髷は結っていない。そして、改めて二十二歳のときに江戸に上り、一応学業を終えて、二十九歳の時に帰ってきた。それが二度目の帰省で、今回が三度目になる。

「お帰り、兄さん」

総髪姿の星巌に比べて、二つ年下の弟長興は、きっちりとした髷を結っているからか、白髪が増えた星巌よりも髪も黒々とし、実際の年よりも若そうに見えた。

「きみさんも、お帰りなさい。元気でしたか」

長興と結婚していた姉のとうは、妹の紅蘭に優しく声をかけ、紅蘭も初めて家に帰ってきたのだと実感した。

生涯放浪を続けた星巌に対し、弟の長興は実直な人柄で、稲津家を守ってきた。紅蘭も姉の落ち着いた生活が、時に羨ましくもあったので、ようやくこれからは故郷で穏やかに生活が出来る、とほっとした。

「兄さん、聞きましたよ。『星巌集』の評判を。江馬《えま》細香《さいこう》先生たちの白鴎社の方々からも、お祝いをいただきました」

かつて、江戸での十年余りの学問を終え帰郷した時は、故郷で詩人として自立出来るだけの自信はなく、これからは寺小屋で子どもたちを相手に一生を終えるのかという、一抹の淋しさもあった。

けれども、それから三十年。今回の帰郷は、これまで作りためた詩を『星巌集』にまとめ、江戸でも一角の詩人として認められた後なので、弟の長興の言葉は片腹痛くもあった反面、ようやく故郷に錦を飾れたと、嬉しくもあった。

「ありがとう。落ち着いたら、細香先生のところにも、お礼を言いに行くよ」

「まあ、ともかく、今夜は江戸の話を聞かせてください」

「そうだな。美濃のものは何でも美味いから」

満堂《まんどう》の茶靄《ちゃあい》　衣巾《いきん》を染《そ》む
重《かさ》ねて見《み》る団欒《だんらん》　情話《じょうわ》の真《しん》なるを
一夢《いちむ》　杳然《ようぜん》として　蹤已《あとすで》に隔《へだ》たる
瓊花《けいか》　壁月《へきげつ》　麗都《れいと》の春《はる》

満堂の茶をいれる煙が、かぶり物を染める
一家団欒の情ある話が、真実の故郷の姿
江戸での夢の跡は、すでに遠く隔たってしまった
玉のような花と月の、美しき都の春の出来事が

郷里に戻って、二人が最初に訪れたのは、江馬細香のところであった。細香は星巌の二つ年上なので、この時還暦を迎えていた。

細香の家は、大垣藩の東外れの藤江《ふじえ》村にあった。

初めて細香の家を訪れたのは、もう二十年以上も前のこと。あれはまだ初夏の田植えをしたばかりの頃だったが、この日は伸び始めた稲穂の上を吹く初秋の風が快かった。

尊敬する細香に久しぶりに会えるというので、星巌とともに歩きながら、紅蘭の心ははずんでいた。

江馬家の細香の屋敷は、街道の東側に建つ大きな土蔵に、緑のツタがびっしりと巻き付いていた。

案内を請うと、星巌と紅蘭との再会を、細香も楽しみにしていたようで、軽やかな足取りですぐに奥からでてきた。

「細香先生、ご無沙汰しています。この度は、江戸から無事帰郷しましたので、まずはご挨拶にうかがいました」

「星巌さん、もう先生と呼ぶのは、やめてください。星巌さんのほうが、江戸一番の詩人になられたのだから。紅蘭さんもお元気そうでなによりです。

　言《い》うを休《や》めよ　筆研《ひっけん》　自《みずか》ら矜持《きょうじ》すと
　老《お》い去《さ》りて　寒閨《かんけい》　翠帷《すいい》を下《お》ろす

言わないでください、私が詩に誇りを持っていると
もう年をとって、部屋のとばりもおろしたままなのに」
「私も、もう、四十路をこえてしまいました。最初に細香先生にお目にかかったのは、まだ二十歳前

でしたのに」

紅蘭にしてみると、細香は星巌に続く、第二の師でもあった。

「私共が江戸に出ている間に、お父上の蘭齊先生がお亡くなりになられたそうで。まずは、お悔やみ申し上げげます」

「ありがとうございます。父が亡くなって七年、山陽が亡くなって十三年も、たってしまいました。そういえば、山陽さんのところの三樹三郎さんも、江戸では星巌さんに、随分お世話になったそうですね」

細香と山陽は、結局結婚こそしなかったものの、山陽の母や梨影とは、家族ぐるみの付き合いをしていた。

「三樹三郎君も、昌平黌《しょうへいこう》に入ったものの、どうも朱子学より、他のことに関心があるようですね。それでも詩については、さすが山陽先生譲りの、いい才能を持ってますよ」

「星巌さん、次の白鴎社の例会には、是非いらっしゃってください。他の社友の方々も、詩のお話をうかがいたがっていますから。紅蘭さんも、いい詩集をだされましたね。紅蘭さんの詩には、星巌さんと共に歩んでこられた強さを感じます。星巌さんの江戸での活躍も、紅蘭さんの内助の功あってのこと」

尊敬する細香に賛辞をかけられて、紅蘭は少し頬を赤くした。

「そうそう、藩の御家老小原鉄心さんも、白鴎社に参加してくださり、星巌先生が大垣に戻られたら、お会い出来るのが楽しみ、とおっしゃっていました」

「鉄心君は、戸田様の参勤交代で江戸に来た時に、私に詩の添削をもとめてきたことがある。私も、ゆっくりとお話ししたいと、思っていました」

星巌と紅蘭は、次の白鴎社の例会には参加することを約束して、細香の家を去った。

その帰り道、紅蘭は改めて星巌に聞いた。

「すみ様、なぜ江馬細香先生は、山陽先生と一緒にならなかったのでしょうねえ」

かつて西征千里の旅から戻った時、旅の苦労を細香に話したところ、それでも星巌と一緒にいられることが一番ですよ、と淋しそうに話した細香の顔を思い出していた。

「そうだなあ。山陽先生も父上の江馬蘭斎先生に、結婚を申し込まれたそうだし、江馬細香先生も、山陽先生のことを思い続けて、独身を守っていらっしゃるのだろう。きみが直接たずねてみればいいじゃないか」

「そんなこと、うかがえるはずもないじゃありませんか」

「それで、お前は私と結婚してよかったのか」

「そうですよね。こんなに苦労ばっかりして」

二人は顔を見合わせて苦笑した。


実相寺で開かれた次の白鴎社の例会には、美濃上有知《こうずち》の村瀬藤城《とうじょう》、揖斐《いび》の人で山本北山の塾で星巌と共に学んだこともある芝山老山、養老の高田の住人服部笙岳《しょうがく》や日比野草川《そうせん》といった古くからのメンバーの外に、黒野の伊藤柿園《しえん》、岐阜の百華道人、垂井の南宮山房に住む神田柳渓《りゅうけい》、それに小原鉄心など新しい同人も加わって、賑やかであった。

最初に、美濃詩壇の長老格の村瀬藤城が、歓迎の辞を述べた。

「星巌先生のような方がいらっしゃるのは、この美濃の誇りです。お若い鉄心さんなどはご存じないでしょうが、『五山堂詩話』に星巌先生が、青年詩を好み、才等夷に冠たり、と評されたのを見た時、これで美濃の詩壇も認められたと、喜んだものです」

『五山堂詩話』とは、菊池五山が文化四年（一八〇七年）に江戸で始めた漢詩の雑誌で、天保三年（一八三二年）に刊行が終わるまでに、星巌は十二首が収められた。ちなみに頼山陽は二十四首、一番多かったのは、五山の友人であった柏木如亭の三十二首であった。『五山堂詩話』に何首収められたかが、当時の詩人の格付けになっていた。

藤城に褒められて、星巌は嬉しそうに応えた。

「いえ、私は、江馬細香先生と並んで掲載されたことの方が、嬉しかったのですが。詩を始めて、山本北山先生に入門してから三十年。ようやく自分の作品集を、出版出来ました」

「それで、もう今の江戸では、徂徠《そらい》先生の蘐園《けんえん》流の詩を詠む人はいませんか」

「徂徠先生の盛唐詩をまねた格調派の詩は、まず詠まれません。徂徠先生の時代は、あくまで儒学が主で、詩は従の存在。今では詩を詠む人が増え、もっと平明な宋詩が広まっています」

「江戸の詩は、やはり宋詩が中心ですか」

「宋詩のほうが、身近ですからね。唐詩が好まれたのは、享保から宝暦の間まででしょうか。山本北山先生が出てからは、唐詩のように大上段に構えず、素直に自己の心情を詠むようになりました。老山君もそう思いませんか」

声をかけられた芝山老山はうなずいた。

「確かに私が北山先生のところに居た頃は、宋詩が盛んだったと思いますが、星巌先生は唐詩、宋詩といった枠にこだわらないから、玉池吟社も人気になったのでは」

芝山老山は星巌とほぼ同世代で、同じ北山門下で仲がよかったが、星巌のように詩に命をかけて旅を続けるのではなく、北山が亡くなると美濃に戻り、悠々自適の生活をしていた。

「もう今では、漢詩も百花斉放、あらゆる階層の人が詩を詠み、日本中に詩の結社が出来ています。そして、日常の生活を写実した詠物詩が中心ですから、俳諧にそれだけ近くなったかもしれません」

藤城、星巌と、老山たちの詩談義に、さらに若い世代になる小原鉄心が加わった。

「星巌先生、今日は久しぶりにお会い出来、嬉しい限りです。江戸でお目にかかり、八年ぶりでしょうか」

「鉄心君もお勤めが忙しくて、なかなか詩を賦す余裕もないのでは」

「いえいえ、私自身は早く風雅三昧をしたいのに、なかなか殿様のお許しがでなくて。『星巌集』は細香先生からお借りして、私も読みました」

「それはありがとう」

「江戸を離れると、なかなか地方では、詩の添削をしてくださる先生もいません。何か詩の勉強になる、お勧めの書物はありませんか」

「それなら、山本北山先生の『作詩志彀《さくししこう》』か、清の袁枚《えんばい》の『随園詩話《ずいえんしわ》』でしょう。もう『唐詩選』の時代じゃありません」

「それが、さきほどから話題になっていることですか」

「『唐詩選』は杜甫、李白の盛唐の詩が中心ですから、中唐、晩唐の詩を読むなら、七言絶句、五言律詩、七言律詩を収録した『三体詩』でしょう。今の流行は七言絶句で、杜甫の得意な古体詩を詠む人は、ずっと少なくなりました」

「皆さんは、いろんな詩集を読めていいですね。私などは、星巌先生に詩を習い始めた最初から今まで、ずっと『三体詩』だけですから」

紅蘭が口を挟むと、星巌との新婚時代のエピソードを知っている、白鴎社の同人の笑いを誘った。

「宋詩に詠まれた田園風景や、生活風俗は、江戸の様子よりも、我が曽根村のような、日本の農村風景を彷彿《ほうふつ》とさせます。これからは、本当に素晴らしい詩を作りたいなら、江戸や京に出るよりも、藤城先生や、老山先生のように、田舎で生活をしたほうが、いい詩を作れるのかもしれませんね。私も、曽根村に骨を埋める覚悟で、帰ってきました」

「ところで、最近の江戸の様子は、いかがですか」

「清のアヘン戦争以降、異国船が繰り返し我が国に近づいています。先年、房州を回って、直にそんな話を聞きました」

「それは大変なことですね」

「仙台の斎藤竹堂君の『鴉片《あへん》始末』は、もう読まれましたか？　佐久間象山君も、この本をしきりに褒めていました。鉄心君とは、また席を改めてゆっくり話しましょう」

話を横で聞いていた江馬細香は、星巌の交友関係に、斎藤竹堂や、佐久間象山という、詩人以外の名前が出るのを聞いて、少し驚いた。そして、星巌が江戸を引き払った理由も、何か政治に絡む事情があるのだろうか、とふと思った。


明けて弘化三年（一八四六年）。

星巌はまた忽然と、紅蘭に話を切り出した。

「春になったら、ここを出て京に向かうぞ」

「えっ」

紅蘭は、星巌にお茶を差しだそうとした手を止めた。

「私は嫌でございます。すみ様は何がご不満なのでしょうか。江戸で詩人としての評価を得て、この度故郷に帰り、一族のみなさんからは歓迎され、細香先生たち白鴎社のみなさんからも、尊敬をうけていらっしゃるのに。私の着物や簪は、江戸に上った最初の頃の貧乏暮らしで、質にいれてしまい、もう生活の糧もありません。これからは、田舎で暮らした方がいいと、おっしゃっていたではありませんか。この上、すみ様は何をお望みなんですか。詩人としての名声は、もう十分ではないですか」

紅蘭はいきり立って、星巌に激しく言い返した。若い頃はよく夫婦げんかをしたものだが、最近ではここまで言い争いをしたことはない。

それに対して、星巌は静かに話を続けた。

「私の詩は、こんな満ち足りた生活の中では出来ないのだ。このままでは私の詩人としての人生も終わってしまう。きみ、お前も詩人なら、わかるだろう」

「いいえ、私にはわかりません」

　紅蘭は、手を握ろうとする星巌の大きな手を払いのけ、不服そうに黙ってしまった。

「古来、詩人は世の中を憂えて、詩を詠むもの。汨羅江《べきらこう》で身を投げた楚の屈原《くつげん》然り、安禄山に捉えられて涙した杜甫もまた然り。ならば、私が憂国の思いにとらわれるのも、また然りだ。斎藤竹堂君の『鴉片始末』を読めば、異国に攻められた中国の二の舞に、日本もなりかねないのはわかるはず。佐久間象山君なども、それを危惧していたのだ。それなのに、私だけが郷里で安穏と暮らす訳にはいくまい、私が本当の詩人ならば」

「けれども、稲津の家は武士でもありません。日本を異国から守るのは、それこそ武士のお役目。詩人の仕事は、いい詩を作ること。すみ様は詩人になるために長崎まで出かけ、京にも江戸にも出かけたのに、このうえどこまで旅をなさるというのですか」

　いつまでも納得しない紅蘭に、段々と苛立ってきた星巌は言った。

「じゃあ、私一人で家を出るから、お前だけこの曽根村で、三体詩を読んで暮らせばいいじゃないか」

　結婚したばかりの紅蘭を残して、三年も放浪の旅に出てしまったことを星巌が持ち出すと、さすがに紅蘭は何も言い返さなかった。

　しかし、薄暗い灯りの中で、黙ってしまった紅蘭の様子をみていると、星巌も少し言い過ぎたかと後悔した。

　そこで星巌は、紅蘭をなだめて言った。

「それでは、こうしないか。まず伊勢に向かおう。伊勢では、きみもよく知っている、斎藤拙堂君が私を待っている。かつて月ヶ瀬で遊んだ頃は、彼も文人だったが、今は藤堂藩の海防をまかされ、私に会いたがっている。伊勢には星野、緒方、山北という琴の名手がいると聞いている。私が拙堂君と話している間、きみは琴を習えばいい。京に行くのはそれからにしよう」

江戸にいた頃は、星巌と紅蘭がけんかを始めると、隣家の佐久間象山が仲立ちに入ってくれたが、ここにはいない。姉のとうに相談しようかとも思ったが、せっかく一家団欒の夕餉の後で、こんなことを話すのもはばかられた。それで、紅蘭はしぶしぶ承知した。

「本当にひどい人。先生は、昔から少しも変わっていないのですから」

弘化三年（一八四六年）四月十七日、星巌と紅蘭は、西征千里の旅と同じく、今度もまた呂久の渡し場から旅立った。

西征千里の旅立ちは菊の咲く頃だったが、今度は穏やかな春の陽気の中。そして一番の違いは、あの時は二人だけの旅立ちだったが、この時は弟の長興夫妻や、白鴎社の同人など、多くの人に見送られたことだけが、紅蘭の慰めとなった。

星巌は、故郷を出る決意を詩にした。

疎籬《そり》　矮屋《わいおく》　浅沙《せんさ》の湾《わん》
若苴《じゃくそ》の餘生《よせい》　祇《た》だ合《まさ》に間《かん》なるべし
未《いま》だ免《まぬが》れず　営営《えいえい》　飯碗《はんわん》の為《ため》に

一揮《ひとふ》りに棄《す》て去《さ》る　故郷《こきょう》の山《やま》

そまつな垣根と、小さな小屋が、砂の入り江に建っている
道理のわからない連中は、暇をとるべきだろう
しかるに、私は生活のために
故郷を棄てて、都に出るしかないのだ

そして、星巌に従う紅蘭も、再び旅に出る思いを詩に残した。

此《こ》の生《せい》　能《よ》く幾時《いくとき》にか　休《やす》むことを得《え》んや
鳳《おおとり》のごとく泊《はく》し　鸞《らん》のごとく飄《ひょう》すること　四十州《よんじゅうしゅう》
自《みずか》ら笑《わら》う　郷《きょう》に還《かえ》るも　屋舎無《おくしゃな》し
明朝《みょうちょう》　孤棹《ことう》にて　又《ま》た　南游《なんゆう》す

この生涯、何時になったら休むことが出来るのか
私たちは夫婦で、四十州も漂泊の旅をした
故郷に帰っても、家がないことを笑ってしまう
明日の朝また船に乗って、南に旅立つことだ

12「神風行」　弘化三年（一八四六年）伊賀上野　様々園

郷里を出た星巌と紅蘭は、西征千里の旅と同じく船で桑名まで向かい、そこからは陸路で東海道を上って、藤堂藩領に入った。そして、津まで、斎藤拙堂《さいとうせつどう》が迎えに来てくれた。

拙堂は藤堂高猷《とうどうたかゆき》侯の信任厚く、藩の重鎮として藩政改革に努力し、この時は郡奉行を勤めていた。そして、先輩の儒者で、拙堂を侍講に推薦してくれた平松楽斎《がくさい》と共に、二人の歓迎の宴を、津の四天王寺で催した。

「星巌先生、わざわざ伊勢までお越しいただき、ありがとうございます。今日はまず四天王寺で小宴を開きたいと思いますので、どうかおくつろぎください」

この四天王寺は、推古天皇の発願で、聖徳太子が建てたと言われる古刹である。用明天皇の時、聖徳太子は物部守屋大連の軍に三度も敗れ、そこで太子は四天王像を刻み、「もし私が勝利を得れば寺塔を建立するから、勝利を与えてほしい」との誓願をたて、その結果、守屋の軍をやぶることが出来たため、約束どおり四つの四天王寺を国内に建立した。その一つが、この津の四天王寺とされる。

その後、藤堂高虎《とうどうたかとら》が保護し、二代目藩主高次が寛永十四年（一六三七年）に寺領を寄進したことにより、寺勢をとりもどし、現在、拙堂の墓もここにある。

「我が藩滞在中は、河辺氏の別荘で、ゆるりとお過ごしください。また、藤堂高猷《とうどうたかゆき》侯も、お目にかかりたいとのことですから、是非お越し願います」

「拙堂君もいつまでも若いつもりでいたが、まもなく五十の声を聞き、もう今では藩の重役。山陽先生から、拙堂君の文才を初めて聞いたのは、いつだったかな」

「はい。もう古い話になります。私が初めて山陽先生にお目にかかったのは、三十歳の時でしたから、文政九年（一八二六年）でした」

「そう、私と紅蘭が西征千里の旅を終えた頃だ。最初、君のことを単なる書生だと思っていたが、君の文稿を見て驚嘆したと、山陽先生からうかがったんだ」

「もうそれは、過分な褒め言葉です」

席にいた紅蘭も、その話に加わった。

「拙堂先生にお会いすると、私は月ヶ瀬の梅を思い出します。あれは、いつのことでしたでしょうか」

「文政十三年（一八三〇年）ですから、星巌先生、紅蘭先生が、再び美濃から京に出てきて、四年目ということになりますか」

「そうすると、それからでも、もう十五年以上もすぎましたか」

「このところ、藩の仕事にかかりきりでしたが、星巌先生や紅蘭先生とお話しすると、あの月ヶ瀬の梅を見た頃を思い出します」

月ヶ瀬は伊賀上野から南に三里。もともと土地がやせて耕作に適さないため、梅で生計を立てている村が川沿いに十ばかりあり、石打《いしうち》、尾山《おやま》、長引《ながひき》、桃野《ももがの》、月瀬《つきせ》、嵩《だけ》、獺瀬《おせ》、広瀬《ひろせ》は大和に属し、白樫《しらかし》、治田《はるた》は伊賀に属していた。しかし、その地は上野に近く、大和から人が来るのは稀で、伊賀の人が四、五十年前から、観梅に訪れていたという。

星巌と紅蘭は、西征千里の旅の途中で、服部竹塢《はっとりちくお》にこの月ヶ瀬のことを教えられ、二人で月ヶ瀬を訪れた。

その七年後の文政十三年二月十八日、星巌、紅蘭は、服部竹塢、斉藤拙堂、画家の福田半香《はんか》らと連れだって、さらに津から来た斉藤拙堂、宮崎子達、子淵、山下直介らと合流し、再び月ヶ瀬に観梅に出かけた。

文稼《ぶんか》（竹塢）は風流の士、
公図《こうと》（星巌）は詩を以て海内に名あり、
半香《はんか》は善く山水を画く。

この時に斎藤拙堂が書いた旅行記「梅渓遊記」は、紀行文の名作として知られ、同行者が詠んだ漢詩と合わせて、『月ヶ瀬記勝』として嘉永四年（一八五一年）に出版された。

その中で、星巌の詩も紹介されている。

春《はる》を探《さぐ》って十里《じゆうり》　嶔岑《きんしん》を度《わた》る
凍霧《とうむ》　風吹《かぜふ》き　晴《は》れて復《ま》た陰《かげ》る

嶺樹《れいじゅ》　無辺《むへん》　看《み》て弁《べん》ぜず
渓泉《けいせん》　幾脈《いくみやく》　耳空《みみむな》しく尋《たず》ぬ
手亀《しゅきん》して耐《た》え叵《がた》し　寒《さむ》さ偏《ひとえ》に緊《きび》しきに
鞋没《あいぼつ》して方《まさ》に驚《おどろ》く　雪已《ゆきすで》に深《ふか》きに
店家《てんか》に就《つ》いて　一酔《いっすい》を謀《はか》らんと擬《ぎ》す
燈痕《とうこん》　依約《いやく》して　疎林《そりん》を隔《へだ》つ

春を訪ねて十里、厳しい嶺を渡っていくと
風は凍った霧を吹いて、晴れて復た曇る
峰々の木々は果てしなく続き、区別出来ず
渓谷の泉は幾脈か流れ、その音を聞くばかりだ
手は凍えて、寒さの厳しさに耐えがたく
靴が埋まって、雪の深さに驚くばかり
店に着いたら、一杯やりたいと思い
かすかな灯りを目指すが、林が隔てていることだ

「拙堂君の『月ヶ瀬記勝』は、江戸でも評判だった。山陽先生があの時誘われなかったことを、後々まで愚痴っていたことだったね」

「頼山陽先生のこととなると、私も思い出はつきません。あれだけ我が国の行く末を気にかけていた先生が、もし存命なら、今の異国船が何度も近海に現れるような状況を見て、なんとおっしゃることでしょうか」

「そう。私も拙堂君と、海防についてゆっくり話したいと思い、江戸から伊勢までやってきたんだ」

拙堂はややしんみりと酒を飲んだ。そして、ふと外を見ると、月が東の空に昇ってきたのを知った。

「ようやく月が伊勢湾に昇ってきました。今日は月を肴にして、飲みませんか」

津城のやや南の高台にあった四天王寺は、東向きに建てられ、山門の向こうには伊勢湾が遠くに広がっていた。

海から吹く涼風は肌に快く、まもなく頭上に月がかかってきたので、本堂の裏山に四人は登って月見をすることにした。

談笑《だんしよう》　知《し》らず　炎日《えんじつ》の昃《かたぶ》くを
竹風《ちくふう》　面《めん》に灑《そそ》ぎて　満堂寒《まんどうさむ》し
忽《たちま》ち伝《つた》う　大月《だいげつ》　已《すで》に海《うみ》を離《はな》るるを
争《あらそ》いて　後山《こうざん》　高処《こうしよ》に上《のぼ》りて看《み》る

談笑していて、夏の太陽が傾いたのを知らなかった
さわやかな竹林の風が吹き、部屋を涼しくすることだ

大きな月が海を離れて、空に上ったと伝えてきたので
　争って後ろの高き山に上り、その月を見よう

そして、秋の木々が色づき始めた頃。星巌は約束どおり、藩主高猷《たかゆき》侯の招きに応じて、芭蕉ゆかりの様々園に出かけた。

松尾芭蕉は、藤堂家の侍大将だった、一門の藤堂良忠《よしただ》（蝉吟《せんぎん》）に仕えていたが、良忠が亡くなった後、江戸に出て俳人になった。後に、その子藤堂良長《よしなが》（探丸《たんまる》）に招かれて、

　さまざまの　事思ひ出す　桜かな

と、句を詠んだのにちなんで、様々園と名付けられた。

「星巌先生、この様々園はいかがですか」

高猷侯の問いかけに、星巌が応えた。

「芭蕉翁が、ここで何を思い出されたのかと思うと、今日の紅葉も、桜吹雪のように感じることです。本当に、ここは素晴らしい庭園です。芭蕉翁も、奥の細道の旅を終えて、大垣から伊勢まで、船で向かったそうですが、私どもも船でこちらに参りました。

　僅《わず》かに十七字《じゅうしちじ》　宛《あたか》も天工《てんこう》

能《よ》く人情《にんじょう》を写《うつ》して　国風《こくふう》に近《ちか》し
持《も》ちて村婆《そんば》に示《しめ》せば　皆解了《みなかいりょう》す
香山《こうざん》の後世《こうせい》　是《こ》れ蕉翁《しょうおう》

わずかに十七文字で作る芭蕉の俳句は、天の巧みを極めている
よく人情の機微を句にして、それは『詩経』の国風のようだ
その句を持参して、村の老婆に見せれば誰でも了解する
唐の詩人白楽天の生まれ変わりが芭蕉翁だ

まさに、白楽天に匹敵するほどの詩人が、芭蕉です」

「しかし、星巌先生こそ、今ではその芭蕉に匹敵するほどの、漢詩の大家です。江戸を離れる時、随分と大名家からのお誘いも、多かったのではございませんか」

「いえいえ、今日は藤堂家二十七万石にお招きいただき、本当に嬉しく存じています」

「ところで、時に我が藩は、伊勢神宮の警護を命じられていますので、昨今異国船が近海に現れることを、大変危惧しています。先生は、海防政策にもお詳しいと、拙堂にうかがっていますが、いかがお考えでしょうか」

「それならば、仙台伊達藩の斎藤竹堂《ちくどう》君が書きました『鴉片始末《あへんしまつ》』を、是非ご一読ください。アヘン戦争以後、夷狄《いてき》が日本に訪れることが多くなり、やがて江戸にも現れるのではないかと、彼は心配し

ています。佐久間象山君なども『海防八策』を著し、まずは守りを固めることが大切だと、提案しています。藤堂藩でも、この『海防八策』を、是非ご検討ください。斎藤拙堂君は、詩文ばかりでなく、実際の政務にも通じたすばらしい人材です」

「星巌先生にお褒めいただくとは、光栄なことで」

付き添っていた斎藤拙堂が、横から謙遜して言った。


藤堂候のところから戻ると、四天王寺で会った平松楽斎や、西征千里の旅以来、星巌と親しい服部竹塢も招いて、拙堂は小宴を張った。

そこで、まず星巌が、感謝の言葉を述べた。

「今日は様々園という、芭蕉翁ゆかりの素晴らしい庭園を拝見出来、楽しかった。藤堂侯には、どうか拙堂君からも、よろしくお礼をつたえておいてください」

「星巌先生をお招き出来、高猷侯も喜んでいることでしょう。ところで、今日お話に出た、佐久間象山先生の『海防八策』とは、どのようなものですか」

「象山君は、まずは海岸に砲台を作って大砲を置き、さらには海軍を作って、異国船に備えるべきだというのだ」

「なるほど。江戸の佐久間象山君とは面識がありませんが、なかなか先見の明がありますね。さっそく取り寄せてみましょう。私も、先に『海防策』を藤堂公に申し上げ、砲台を築くように献策しました。夷狄を迎え撃つには、まず敵を知らなければなりません。我が藤堂藩も、帝のご先祖を祭る伊勢神宮の警備をまかされている以上、何としても、異国から我が国を守らねばならないのです」

拙堂にはあばたがあり、また談笑の間に、時々白眼で人をにらむ癖があった。

星巌は懐から詩帳を取り出して、拙堂に見せた。

「弘化に入ってから、異国から日本に開国を求める動きが、年年盛んになっている。オランダの国王からの国書も届いたそうだが、幕府は拒絶したようだ。そこで、『神風行』というものをつくってみたのだが、拙堂君、楽齋君、少し長いが聞いてくれないか」

天霊《てんれい》怒《いか》り　神風《かみかぜ》作《おこ》る
玄濤《げんとう》巻《ま》き起《お》こし　山岳《さんがく》の如《ごと》し
十万《じゅうまん》の舳艫《じくろ》　同時《どうじ》に覆《くつがえ》る
休《やす》め　休《やす》め　休《やす》め　莫《なか》れ　莫《なか》れ　莫《なか》れ
驕主《きょうしゅ》　遂《つい》に　再挙《さいきょ》の議《ぎ》を止《や》む
蛮貊《ばんぱく》　聞《き》く者《もの》　膽《きも》　皆落《みなお》とす
爾来《じらい》　清寧《せいねい》　五百年《ごひゃくねん》
復《ま》た　一妖《いちよう》の　辺隙《へんげき》を伺《うかが》う無《な》し

天の神霊が怒り、神風が起きた
山岳のような、黒い大波を巻き起こし

十萬の蒙古の船団は、同時に転覆した
「再挙を休め」、「再び来る莫れ」
フビライは、そのまま再挙するのを中止した
南蛮北狄の蒙古襲来を聞く者は、皆肝をつぶした
それから平和が五百年
再び国境を侵す、異民族はいない

「『休め、休め、休め、莫れ、莫れ、莫れ』ですか。楽しい調子ですね」

「アヘン戦争での、清国の惨状を聞くと、佐久間象山君の言うように、まずは西洋の技術を取り入れるべきで、攘夷をするのはそれからだろう。日本は蒙古襲来の後、あまりに天下太平に慣れすぎている。拙堂君もこれから大変だろうが、どうか頑張ってほしい」

星巌は『神風行』が、それなりの評価を得たことに満足した。

拙堂は、星巌に尋ねた。

「象山先生や、星巌先生のお考えは、詰まるところ開国攘夷とでもいうものでしょうか」

「そういうことになるかな。まずは外国のことを知らないと、無暗に攘夷といっても、正しい方向に進めまい」

「今日も話にあった『鴉片始末』ですが、星巌先生の作られた『鴉片始末を読む』の詩に、どれだけ私たちは感動したことでしょうか

地《ち》を震《ふる》い　天《てん》を驚《おどろ》かし　霹靂《へきれき》飛《と》ぶ
風聞《ふうぶん》　千里《せんり》して　是《ぜ》か非《ひ》か
蠢児《しゅんじ》　坤輿《こんよ》を齧《か》み尽《つ》くさんと欲《ほっ》す
肯《あ》えて道《い》わんや　呉《ご》を呑《の》みて　腸已《ちょうすで》に肥《こ》えたりと

黒船の大砲は、天地を驚かせて飛来する
その噂は、千里彼方に伝わったのか
英国は、世界をすべて、かみ尽くそうとしている
呉（上海）を得て、それで満足するであろうか

我が藩の中には、太閤殿下の朝鮮出兵時の甲冑を、いまだに大切に飾っている輩《やから》がいます。太閤殿下の時代の甲冑で、西洋の軍艦に太刀打ち出来ると、本気で思っているのでしょうか。蒙古襲来以来、平和が五百年続きましたが、これからは外国との関係が大きな課題でしょう。蒙古襲来の時と同じく、神頼みで我が国を守れるはずもありません」

「拙堂君は朱子学を深く学んだ人だが、西洋事情にも明るいところがいい。佐久間象山君にしたところで、朱子学で学問の基礎を身につけながら、更に洋学を学んで今の国際情勢を知り、いかにすれば我が国を守り抜けるかと考えている。それなのに、幕府は神君家康公の政策を、墨守するだけだ」

「星巌先生が江戸を退去なされたのも、幕府に不満を感じられたからですか。それで、これから星巌先生は、どうなさるおつもりですか」

「まずは京に上って、長楽寺に眠る頼山陽先生の墓参りをしたいと思っている」

星巌はしばらく目をつむった。

「ところで、そうだ。一つ拙堂君に頼みたいことがある。今回の上京については、実は紅蘭が随分渋ってね。そこで、伊州には、星野氏、緒方氏、山北氏という名だたる琴の名人がいると聞き、その教えを受けることを名目にして、ようやく納得させた。それで、この琴の名人たちとの仲立ちをしてもらえないだろうか」

山北氏は、明の東皐心越《とうこうしんえつ》禅師から、「漁樵問答《ぎょしょうもんどう》」の秘曲を習い承けた。東皐心越禅師は、明末の曹洞宗の禅僧で、明の滅亡の混乱を避け、水戸光圀の招きで日本に亡命し、日本にこの曲を伝えた。

斉藤拙堂は、星巌の頼みをこの山北氏にとりついだが、山北氏は高齢なこともあり、結局緒方氏が紅蘭の指導をしてくれることになった。

「漁樵問答」という曲は、漁師と木樵が問答をする様子を音楽にしたもの。もともと海の人と山の人との話を、さらに海と山の自然描写をも琴で表現するので、静けさと激しさの呼吸の切り替えが難しい。東晋時代、竹林の七賢人の一人嵆康《けいこう》の弾いた「広陵散《こうりょうさん》」にも、比べられる難曲である。

緒方氏は年まだ若く、気さくで、紅蘭も心安かったが、その超絶技巧は山北氏に勝るとも劣らず、優れた技を身につけていた。紅蘭は、今回の旅には、琴を持ってきていないので、星野氏から七弦琴を借りることにした。

星巌は、琴に熱中する紅蘭を見ていると、まだ「梨花村草舎」に通っていた少女の頃を思い出した。当時の紅蘭は、漢詩にも、音楽にも、絵画にも好奇心を示した。琴も最初に手ほどきをしたのは星巌であったが、総てに利発な才能を示す紅蘭は、すぐに星巌よりうまくなった。しかし、そんな名手の紅蘭であっても、「漁樵問答」の習得は、大変なことであった。

今では、もう紅蘭の腕前は星巌の及ぶところではないが、また今回「漁樵問答」という秘曲をものにすることで、さらに音楽の神髄に近づくことだろう、と星巌は思った。

緒方氏は、途中用事で京にでかけたり、病に伏せたりして、紅蘭が津に滞在する間、ずっと教えることは出来なかったが、紅蘭は何とか「漁樵問答」の秘曲を身につけ、津を出発する送別の宴で披露することになった。

紅蘭の演奏を聴いたのは、斎藤拙堂、平松楽斎、滞在先の河辺氏と、伊勢のもう一人の琴の名人、看雲《かんうん》主人星野氏。よく半年でこの難曲を身につけたものと絶賛された。

一緒に聴いた星巌は、その感動を詩にした。

斉《せい》に入《い》りて　三月味《さんげつあじ》を知《し》らず
夫子《ふうし》の此《こ》の心《こころ》　誰《たれ》か儔《たぐ》うべき
纔《わずか》に古音《こおん》を聴《き》けば　頭已《あたますで》に触《ふ》る
今《いま》人《ひと》　大概《たいがい》　睡文侯《すいぶんこう》なり

孔子は斉の国で音楽に感動し、三か月肉の味がわからなかったという
この孔子の音楽を愛する心に、誰が比べられようか
私でもわずかに音楽を聴くだけで、心は感動する
音楽に感動しない今の人は、魏文侯（睡文侯）のようなものだ

『論語』に、堯や舜という古代の伝説の聖天子の作った音楽を孔子が聞き、感激のあまり三か月の間、何を食べても食事の味がわからなかった、という逸話が記されている。

儒家では、音楽は詩と並んで大切な教養とされ、詩（文学）書（歴史）礼（作法）楽（音楽）を身につけることで、「君子」になれると考えられた。同時に『礼記』に「楽《がく》は楽《らく》なり」（音楽は快楽である）という言葉もあるように、音楽は君子の娯楽でもあって、儒学を学ぶものは詩と音楽の心得もあるのが常識であった。

紅蘭もまた、琴を指導してくれた名手たちに、詩で感謝した。

高情《こうじよう》は　也《ま》た　自《みずか》ら陶家《とうか》に似《に》たり
客子《かくし》　何《なん》ぞ須《もち》ゐん　物華《ぶつか》に驚《おどろ》くを
三尺《さんじやく》の孤琴《こきん》　一壺《いつこ》の酒《さけ》
人《ひと》の籬下《りか》に寄《よ》りて　黄花《おうか》を見《み》る

星野氏の厚情は、また陶淵明に似ている
客もその優れた思いに、驚くことだろう
今日は三尺の古琴と、一壺の酒を楽しみ
他人の籬に寄り添って、菊の花を見よう

宴が終わり、招待客も帰った後、星巌は人知れず涙が止まらなかった。

「すみ様、どうなされたのですか」

「いや、ここでは藩主に招かれるほどの詩人として、風流な日々を送れたが、これから京に入ると、いよいよ国事に走り回らねばならないと思うとな。きみの琴の音を聞いていると、我ながら哀しくてたまらぬのだ」

星巌がそんな弱音を吐くのを見て、あれほど反対したことも忘れ、紅蘭は夫に慰めの言葉をかけた。

「やはりすみ様は、故郷の曽根村で、悠々自適の生涯を送られる方ではありません。私の好きなすみ様は、理想の詩を求めて、どこまでも旅をなさるお方です。私は、どこまでもすみ様についていきますよ」

「すまぬな、きみ」

今回京を訪れるのは、西征千里の旅のように詩人をめざすものではなく、我が国を存亡の危機から救うためなのだと思うと、いまさらに身が引き締まる思いがした。

老《お》いて泣《な》くに声無《こえな》し　客衣《かくい》を湿《ぬ》らす
天涯《てんがい》の兄弟《きようだい》　信来《しんく》ること稀《まれ》なり
半肩《はんけん》の行李《こうり》　両鬢《りようびん》の雪《ゆき》
満望《まんぼう》の雲山《うんざん》　何処《いずこ》にか帰《かえ》らん

年老いて忍び泣き、旅の衣服を濡らす
遠くの兄弟から来る信書も、稀になった
肩には旅の荷物、鬢の毛は雪のように白い
遠くに郷里の山を望み、どこへ帰ればよいのか

弘化三年（一八四六年）十二月。星巌と紅蘭は伊賀上野を去って笠置《かさぎ》に入り、そこから木津川を船で下り、京に入った。

13　「山陽思慕」　弘化四年（一八四七年）京都　長楽寺

京に来た星巌は、二条木屋町の寓居に落ち着いた。

京で星巌が最初にしたのは、江戸で頼三樹三郎と約束した、山陽の墓参りであった。

山陽の墓のある長楽寺は、東山三十六峰の粟田山《あわたやま》の中腹にある。延暦二十四年（八〇五年）、勅命により、最澄が延暦寺の別院として創建したのに始まり、文治元年（一一八五年）には、高倉天皇の中宮で、安徳天皇の生母である建礼門院が、壇ノ浦の戦いの後、この寺で出家したと伝えられる古刹である。頼山陽は、その遺言でこの寺に葬られた。

星巌は祇園の雑踏を逃れ、東山の大谷祖廟からゆっくりと坂を登った。

藁葺きの庫裏に声をかけ、昼なお薄暗い本堂でまずは合掌し、それから本堂の裏手に建てられた山陽の墓に向かった。そこからは京の町が一望出来、京を愛した山陽が、生前からこの寺に眠りたいと願った理由がよくわかるような気がした。

星巌は紅蘭と一緒に墓前で手を合わせ、再び京都に戻ってきたことを、その泉下の恩人に報告した。

「すみ様と山陽先生とは、長いおつきあいでしたものね」

「初めてお目にかかったのは、文政二年（一八一九年）のことだから、かれこれ三十年になるか。柏木如亭先生の遺稿集の序文を、お願いに行ったのが最初だった。山陽先生は安永九年（一七八〇年）のお生まれだから、その時は四十歳。まさに詩人として油ののった頃だった。後藤松陰君を伴っての長崎の旅から戻られた直後で、詩で身を立てるなら、長崎に一度は訪れよと、強く勧められたのが、西征千里の旅を志した理由の一つ。旅の途中、尾道でお会いした時のことはおぼえているか」

「ええ。勿論です。さらにその後、上京して嵐山で花見をしたのは、楽しい思い出です」

「それから、江戸に出る前の五、六年が、一番山陽先生とのおつきあいが深かった時だった。当時、

富は弼《ひつ》、詩は山陽に、書は貫名《ぬきな》、猪飼経書《いがいけいしょ》に、粋《いき》は文吉。

なんて云われていたものだったな」

「それは、どなたのことですか」

「弼は篠崎小竹《しのざきしょうちく》先生、山陽はもちろん頼山陽先生で、書は貫名海屋《ぬきなかいおく》先生。猪飼経書《けいしょ》は、猪飼先生の名前敬所《けいしょ》に引っかけている訳で、粋は文吉とは中島棕隠《なかじまそういん》先生のことだ。私もいつかは、そんな風に評されたいと思い、後に、文の山陽、詩の星巌と噂された時は、ちょっと鼻が高かったがな」

「そして、すみ様は江戸に向かわれた」

「そう。だが、山陽先生は、結局江戸に向かう前に、亡くなってしまわれた。最後に山陽先生にお会いした時にいただいた詩を、きみは覚えているか。

燈《とう》は黄花《こうか》に在《あ》りて　夜分《よるわ》かたんと欲《ほっ》す
明朝《みょうちょう》　去《さ》って踏《ふ》む　信州《しんしゅう》の雲《くも》
一壷《いちこ》の酒《さけ》　竭《つく》すとも　姑《しばら》く起《た》つ休《なか》れ
垂死《すいし》の病中《びょうちゅう》　還《ま》た　君《きみ》に別《わか》る

灯りは黄色の花を照らして、夜中を過ぎた
明朝君は去って、信州の雲を踏むことだ
一壷の酒を飲み尽くしても、立ち上がらないでほしい
瀕死《ひんし》の私は、病中で君と別れるのだから

山陽先生の詩の中の、『姑く起つ休れ』の一句に、本当に悔しさがにじみ出ているようだ。私は分、雲、君という韻を継いで、詩を返した。

山《やま》を談《だん》じ　水《みず》を話《はな》し　宵分《しょうぶん》に到《いた》る
大堰《おおい》の奔流《ほんりゅう》　函嶺《はこね》の雲《くも》
翻《ひるがえ》りて恐《おそ》る　郵亭《ゆうてい》の孤枕《こちん》の夢《ゆめ》
屋梁《おくりょう》に月落《つきお》ち　夫君《ふくん》を見《み》るを

山や川のことを話して、夜半に到り
大井川の奔流や、箱根山の雲が、目に浮かぶ
しかし、それより僕が恐れるのは
弱った君のことを、旅の旅館で夢にみることだ」

「山陽先生も、江戸に出られなかったのは、心残りだったことでしょう」

「さよう、病に罹らなければ、きっと出府されて、江戸でも活躍されたことであろう。山陽先生の訃報を聞いたのは、確か江戸に向かう途中の掛川宿だったな。山陽先生が亡くなって今年で十七回忌か。ようやく墓参がかない、頼三樹三郎君との約束も果たせたな」

星巌は、改めて頼山陽居士の墓石を見た。

「江戸でも、山陽先生は評判でした」

「特に山陽先生の詠史には、結局私もかなわなかった。今の漢詩は七言絶句が普通だが、山陽先生は言いたいことがその二十八文字では収まらず、長大な古体詩がお得意だった。私が勤王の心を学んだのも、もとは山陽先生からだからな。ともかく山陽先生は、読む者の心を震わせる、力のある詩を作られた」

「結局、すみ様が詩人になれたのも、山陽先生あってのことですか」

「そのとおり。そもそも、儒者の嗜み事にすぎなかった漢詩が、今日これほど世間で詠まれるようになったのも、頼山陽先生、さらにはその師の菅茶山先生があったから。もう一度山陽先生とは、詩の話をしたかったのに、本当に残念だ」

星巌は、自分を世に出してくれたせめてものお礼にと、山陽の好きだった酒を墓石にそそいで、静かに手を合わせた。

手《て》ずから酹《そそ》ぐ　伊丹《いたみ》の酒一杯《さけいっぱい》

春風《しゅんぷう》の墓上《ぼじょう》　早桜《そうおう》開《ひら》く
故人《こじん》の霊在《れいあ》らば　微笑《びしょう》すべし
是《こ》れ花《はな》の時《とき》ならざれば　肯《あ》えて来《き》たらず

手ずから灘の酒をそそいで、頼山陽の霊をなぐさめる
春風が吹いて、早咲きの桜が墓の上に咲いた
故人の霊がいるならば、きっと笑っていることだ
桜の花の頃でなければ、あえて墓参にこないだろうから

翌、嘉永二年（一八四八年）の春。

江馬細香がひさしぶりに上洛することがあり、星巌はこの細香を主賓に、江戸から戻った頼三樹三郎と、頼山陽の梨影《りえ》夫人、さらには弟子の藤井竹外《ちくがい》も交えて、嵐山で観桜の宴を催した。

一同で、渡月橋から満開の桜を眺めた後、夕刻から近くの茶屋に入った。

「星巌先生、江戸でお別れして以来です」

「三樹三郎君、久しぶりだね。父上の頼山陽先生の墓参をした時、君の報告もしておいたよ」

元気な声で、頼三樹三郎が星巌に挨拶するのを、母親の梨影が渋い声でさえぎった。

「まったく、三樹三郎さんは、せっかく昌平黌《しょうへいこう》に入ることが出来たのに、そのうえどこをさまよっていたことか」

「東北から、蝦夷《えぞ》地にまで視察に行ってまいりました。松浦武四郎殿にも会うことが出来、お話をうかがいましたが、蝦夷地には頻繁に異国船が出没して、ひどい状況です。早く何とかしないと、異国の植民地にされかねません」

三樹三郎が正直に答えると、再び梨影が叱った。

「まあ、あなたがそんな危険なことをしなくても。朱子学は、おじいさまの頼春水先生からの、頼家の家学ですよ。それを途中で投げ出すなんて」

三樹三郎と、母梨影の話を聞いていた細香が、横から口をはさんだ。

「でも、山陽先生も、若い頃は家を飛び出して、いろいろとありましたからね。それに、お父上も春水先生の講じられた朱子学ではなくて、詩と歴史の道に入られて、結局それで大成なされた」

「そう。まずは、自分の信じる道をすすむことだ」

星巌も助け船をだした。

「それにしても、三樹三郎さんは、これから何をなさりたいのかしら」

「僕は、この国のために何かをしたいんです。各地を回ってみると、改めて父上の『日本外史』が、いかに多くの人を勇気づけてきたのかを知りました。もう、朱子学だけで、総てが解決出来る時代ではありません」

「それでも、お父上は、大変お母様、あなたからすればお祖母様を、大切にされました。どうか、三樹三郎さんも、梨影お母様に孝行することだけは、忘れないでくださいね」

「細香のおばさまに、そう云われれば、従うしかありません」

三樹三郎は、江馬細香と顔を見合わせて微笑んだ。

「はっ、はっ、はっ。若い人は元気があっていい。山陽先生も自分を信じて、あれだけの仕事をなされた。三樹三郎君も、自分の信じることをするがいい。でも、学問は大切だ。君はまだまだ若いから、学問は続けるべきだろう。詩は私のところに来ればよしとして、儒学は誰に教えを請えばよいか。長楽寺の泉下の父上にでも習うかね。東山の桜は、もう葉桜かな」

星巌が穏やかに二人の会話に割り込むと、三樹三郎が答えるより先に、梨影が応じた。

「それが、この人、京に戻ってからまだ墓参りもすませてないのですよ」

「それはいかん。山陽先生が寂しがっていらっしゃることだ」

「私も出来るものならば、水戸藩の藤田東湖先生のような方に、教えていただきたいのですが」

「東湖先生はまだ謹慎中で、お会いすることもかなわぬからな」

三樹三郎に応えて、星巌は言った。

「それでもこの先、さらに異国船の寄港が続き、開国への圧力が高まると、どこかで斉昭侯が幕政に関わらないと、立ちゆかなくなるだろう。そうすれば、東湖先生の謹慎も解けるのではないか」

「東湖先生は、謹慎中、南宋の文天祥《ぶんてんしょう》を読んですごしたそうです」

「ほう、文天祥ですか」

南宋の文天祥は、北方異民族に徹底抗戦して、捕囚の身となり殺された、南宋の忠臣である。

「東湖先生の詩は、江戸で有名になってますから、私でも知っています。

孰《たれ》か能《よ》く　之《これ》を扶持《ふち》せん
卓立《たくりつ》す　東海《とうかい》の浜《はま》
忠誠《ちゆうせい》　皇室《こうしつ》を尊《たっと》び
孝敬《こうけい》　天神《てんじん》に事《つか》う
文《ぶん》を修《おさ》めると　与《とも》に武《ぶ》を奮《ふる》う
誓《ちか》って　胡塵《こじん》を清《きよ》めんと欲《ほっ》す

誰がこの正大な気を維持しているのか
それは、東海のほとりに卓立する、斉昭烈公である
公は忠誠の念厚く、皇室を尊び
孝敬の心で、天神に仕え
学問を盛んにし、武威を奮いたたせ
誓って、西夷の汚れた塵を、祓い清めようとする」

「それでも、あなたは文人。武を奮わなくてもいいじゃありませんか」

あくまで母として息子を気遣う梨影の言葉に、星巌は苦笑した。

細香も、三樹三郎に優しい視線を投げかけてから言った。

「私には、東湖先生のような勇ましい詩は作れませんが、今日皆さんにお会い出来るのを楽しみにし

て、詩を詠みました。

桜《さくら》開《ひら》きて　方《まさ》に洛《らく》に入《い》り
桜《さくら》落《お》ちて　家《いえ》に帰《かえ》ることを期《き》す
吟筇《ぎんきよう》　三十日《さんじゆうにち》
日《ひ》として　花《はな》を見《み》ざるは無《な》し
東山《とうざん》　千堆《せんたい》の雪《ゆき》
西郊《せいこう》　万朶《ばんだ》の霞《かすみ》
遊春《ゆうしゆん》　楽《たの》しむと云《い》うと雖《いえど》も
此《こ》の鬢上《びんじよう》の　華《か》なるを奈《いか》んせん

桜が開いたら京に入り
散ったら家に帰ろう、と決めていた
あちこちに杖つき、詩を作った三十日
一日として、花を見ない日もなかった
東山のうずたかくつもった、雪のような花
西の郊外では、桜の小枝で霞のよう
春の遊びは、まことに楽しいものの

私の鬢の白さは、どうしたらよいものか」

「詩は、詠む人の心を詠めばいいものです。東湖君は文天祥の『正気の歌』が支えになったのだし、細香先生は共に桜を愛でた山陽先生への思いが詩になるのです。そうだ。藤井竹外君も、もともと山陽先生の家塾で勉強した方。先生を偲んで、竹外君も詩を作りませんか」

星巌は、宴席の隅で静かに酒を飲んでいた、藤井竹外に声をかけた。

竹外は代々高槻藩の藩士で、少年の頃に頼山陽の塾で学び、その当時山陽と親しく往来していた星巌に、詩の手ほどきを受けた。山陽の死後はもっぱら星巌に師事し、星巌が玉池吟社を開いた時も、たまたま江戸にいたので、いち早く参加している。

その後、京都に移り住んだ晩年の星巌とも、親交を温めた。竹外はいわば七言絶句のプロフェッショナルで、生涯をかけて七絶を作り続け、『竹外二十八字詩』にまとめた。

「そうですね。細香先生や三樹三郎君にも、久しぶりに会えたことですし。

十年吟社《じゅうねんぎんしゃ》　豈《あ》に零落《れいらく》せんや
隊《たい》を結《むす》んで　遊春《ゆうしゅん》　殊《こと》に悪《あ》しからず
嶺寺《れいじ》　花《はな》を看《み》れば　却《かえ》って愁《うれ》いを引《ひ》く
人《ひと》の口《くち》を開《ひら》いて　長楽《ちょうらく》を説《と》く無《な》し

かつての詩の結社仲間も、いつかは亡くなってしまうもの
しかし、こうして集まって、春を愛でるのも悪くはない
山麓で桜の花を見ると、かえって先生への思いがつのる
誰も、山陽先生の長楽寺のことを、口にださないのに」

「竹外先生の詩を聞いて、父上がいかに皆さんから慕われていたかわかりましたよ、母上。今度、必ず父上の墓に詣でますから」

頼三樹三郎の自棄《やけ》になったような口調が、一同の笑いを誘った。

「竹外君の『芳野懐古』も世評高い詩なので、私もいつか、花の吉野に訪れてみたいものですね」

星巌もこの日の花見はとても楽しかったようで、後々までよく話題にしたが、結局、この日の宴が、細香に会った最後となった。

14「董蘿石《とうらせき》」　嘉永二年（一八四九年）京都　鴨沂小隠

星巌が生涯に作った詩は、四千首とも、五千首とも言われる。このうち江戸を去ってから作った詩は、京に入るまでの時期に作ったものを『西帰集』、木屋町の頃のものを『日支峰影集』、黄葉山房の

頃のものを『黄葉山房集』、鴨沂小隠《おうぎしょういん》の頃のものを『鴨沂小隠集』というように、住んでいた家の名を詩集の題にして、それぞれまとめている。

嘉永二年(一八四九年)九月、星巌は再び居を移した。

今度の家は川端丸太町にあり、鴨川沿いの廃園を買ってそこに遷り、鴨沂小隠と称して、扁額を部屋に掛けた。鴨沂小隠からは遠くに比叡山を望み、またその麓には綿畑が広がり、一面が白く煙ったような感じで、まさに仙境の雰囲気があった。

この川端丸太町の家から、鴨川を挟んで川の西側の三本木に、かつての頼山陽の家、山紫水明処《さんしすいめい》(水西荘)があった。まだ江戸に行く前、京都では駆け出しの詩人だった頃、星巌は山紫水明処に通っては、山陽と詩を語り合った。そこからは、鴨川越しに東山三十六峰の山々が、夕陽に映えて紫に霞んで見えたのを、星巌はよく覚えていた。

今度の家に引っ越した理由の一つが、その頼山陽の山荘が眺められたことにある。黄葉山房より祇園が遠い分、酒宴に通うには不便だったが、その風光明媚なことに、星巌は気に入っていた。

廿年《にじゅうねん》　重《かさ》ねて至《いた》る　水西荘《すいせいそう》
已《すで》に欠《か》く　垂楊《すいよう》の緑一行《みどりいっこう》
躊佇《ちゅうちょ》して君《きみ》を思《おも》えども　君見《きみみ》えず
夕陽《ゆうひ》は山紫《さんし》なり　旧《もと》の風光《ふうこう》

二十年ぶりに、山陽先生の水西荘にやってきた
かつてあった、緑の柳の木はない
ためらい佇んで、山陽先生を思うが、その姿は見えない
けれども、夕陽がさして紫を帯びた東山は、もとの景色のままだ

星巌は生涯頼山陽を思慕し続けたが、京に来てから新しい出会いもあった。池内大学もそのうちの一人である。

大学は、文化十一年（一八一四年）、商人の家に生まれ、貫名海屋《ぬきなかいおく》に入門し、古学・陽明学・朱子学を合わせた折衷学を学んだ。また、龍野将監《たつのしょうげん》の下で医術を修め、学問に才覚を発揮した。病没した父は、「医者となって、家を復興せよ」と遺言したが、師の海屋に、「医は業拙なり。願わくば、儒を業とせよ」と諭され、母に相談すると許されたので、以後は専ら儒学を学んだという。

天保二年（一八三一年）、尊超入道親王《みことちようにゆうどう》に評判が聞こえ、中奥席として仕えて大学の名を賜って、さらに翌年には近侍となり、公家子弟の教育係を務めた。

天保四年（一八三三年）には、尊超入道親王に従って江戸に下向した折り、水戸の徳川斉昭を訪ね、斉昭が外国船の脅威を憂うと、大学は海防の重要性を説き、結果、如射書院の額を斉昭から下賜された。

それから、星巌のところに池内大学はしばしば訪れるようになり、江戸の情勢を尋ねていったが、今回は親王に従い、再び江戸に向かうことになった。

江戸に行く前日、小柄な大学は、木屋町の星巌の家に、改めて挨拶にやってきた。

「星巌先生、水戸藩保守派の陰謀で隠居させられていた、斉昭侯の幽閉もこの度解かれ、藤田東湖《とうこ》先生にも、何とかお目にかかれそうですので、会いに行ってまいります」

「大学君は、藤田東湖君とは、面識はありますか」

「先に江戸に向かった際に、お会いしたことはありますが、その時はまだ私も若く未熟でしたので、東湖先生の学問が、よくわかっていなかったと思います」

「斉昭侯の諸改革も、すべて東湖君あってのこと。私は江戸を去るとき、結局謹慎中の東湖君には挨拶出来なかったので、今回東湖君に会えたら、是非、私の気持ちを伝えてください」

「わかりました。星巌先生の言葉は、必ず東湖先生にお伝えしましょう」

星巌は、この時の大学の出立に際して、次の詩を贈った。

袁安《えんあん》　高臥《こうが》し　柴扉《さいひ》を掩《おお》う
忽《たちま》ち　春風《しゅんぷう》に　著衣《ちゃくい》を催《もよお》さる
去《さ》りて　芙蓉峰頂《ふようほうちょう》の雪《ゆき》を掬《すく》う
一輪《いちりん》の紅日《こうじつ》　掌中《しょうちゅう》に飛《と》ぶ

後漢の袁安は、世俗を離れ、柴の扉を閉めていた
突然、春風に着物を翻されて、立ち上がった

芙蓉峰の頂の、雪を掬うと
一輪の紅い光が映り、掌に飛んだ

袁安というのは、後漢の時代に、清廉潔白な高士として知られた人物。俗世を避けて、隠棲していたが、その人柄を見込まれて、県令に呼ばれたという逸話がある。星巌はそんな袁安に、大学のことを喩えた。

また芙蓉峰とは、中国の湖南省にある山だが、日本の富士山の異称として用いられることもあり、これから江戸に向かって大学が、活躍をすることを願っての内容となっている。

さらに、この後の星巌に大きな影響を与えたのが、春日潜庵《かすがせんあん》との出会いであった。

春日潜庵は佐久間象山と同年で、星巌より二十二歳若く、大学はそれよりさらに三歳若い。星巌はこうした志士の間の長老格で、潜庵や大学は一番の働き盛りの年代である。潜庵は、久我《こが》家の家司《けいし》の家に生まれ、内大臣久我通明《こがみちあき》、久我建通《こがたけみち》に仕え、朱子学を修め、さらには陽明学を修めた。大学も儒者として宮中に入っていたので、潜庵とはそこで知り合った。

ある日、星巌は、その大学の紹介状を持って、烏丸通りの潜庵の家を訪れた。潜庵は家塾も開いていて、星巌が名を告げると、書生が座敷に案内してくれた。

大学は小柄な策士という感じで、話していても強引なところがあったが、潜庵は悠然たる大夫として、その風貌も、素振りも、どこか鷹揚としていた。

「星巌先生のことは、池内大学先生からも、よくお聞きしています。尊王の志厚き詩人であると。今日は、ようこそいらっしゃいました」

「大学君に誘われて、春日大夫のところまで、お邪魔してしまいました。長く住まわれた、公家のお屋敷というのも、本当に風情がありますね」

「いえいえ、星巌先生こそ、頼山陽先生と並ぶ、詩の大家ではございませんか。ところで星巌先生は、董蘿石《とうらせき》という詩人はご存じですか」

含み笑いをしながら、潜庵は星巌に尋ねた。

「はて、あまり詳しくは」

「董蘿石とは、六十八歳の時に、十四歳年下の王陽明に入門したという明の詩人で、王陽明の『伝習録』に出てきます。今日、星巌先生が、私のところにいらしてくださったのも、丁度この董蘿石が、王陽明のところに来た故事を思い出します」

「陽明学ですか。先の大塩中斎《おおしおちゅうさい》の事件以来、私も陽明学には詳しくなくて」

「まあ、よろしければ、この本をご覧になりませんか」

そこで潜庵が取り出したのは、『明儒学案』という書物だった。

「これは、清の最初の頃に、黄宗羲《こうそうぎ》という方が書かれたもの。王陽明だけではなくて、明の時代のいろんな思想家の言葉をまとめています。私は今の時代を切り開いていくのに、この陽明学は役立つと思っています」

「先日も池内君たちと一緒に話していた時に、頼山陽先生の息子の三樹三郎君、いや鴨崖《おうがい》君といいましょうか、鴨崖君がもう朱子学ではだめだといって、昌平黌《しょうへいこう》を退学してしまいましてね。若い人には、朱子学では物足りないのでしょうか」

「そうですか。ほっ、ほっ、ほっ。確か頼山陽先生も、陽明学者として有名な大塩中斎先生と、お付き合いがあったのでは」

「菅茶山先生から譲られた杖を、京に帰る船の中で盗まれ、それを当時町奉行で働いていた中斎先生に探してもらったことがある、と山陽先生に聞いたことがあります」

「『明儒学案』には、異民族の侵略に苦しんだ、明の時代の儒者の言葉が書いてあります。アメリカやイギリス、ロシアの対応に苦しむ今の我が国に、どこか似ているかもしれません」

こうして星巌は、池内大学や春日潜庵とのつながりから、久我建通《こがたけみち》や三条実万《さんじょうさねつむ》といった公卿の知遇を受けるようになり、朝廷の事情にも通じるようになった。そこで、朝廷の動きを知ろうとする者は、盛んに星巌を訪れるようになり、尊王攘夷の志士たちのパトロンのような存在に目された。

星巌は江戸の佐久間象山に、京都、大坂の様子を時折知らせていたが、その象山への手紙にも、潜庵への傾倒が書いてある。


久我家の諸大夫に春日某（潜庵）というものがあり、この人は程朱学から陽明学に入り、門戸を立てずに学んでいます。行動もすばらしく、この人だけが京都、大坂の唯一の儒者です。今年四十歳。道教、仏教も学び、性理学を窮め、心学を明らかにすることで、この人に及ぶ者はいません。

また星巌は、彦根藩ともつながりを持っていた。江戸に行く前しばらく彦根に滞在し、藩内には星巌に漢詩を師事する者も多かった。星巌が、尊王攘夷運動に関わりながらも、幕府に捕縛されないのは、彦根藩にその支援者がいたからだ、とも囁かれていた。

中でも星巌を慕ったのは、彦根藩家老の岡本黄石《おかもとこうせき》である。黄石は早くから星巌に師事し、勤王の志も厚かったが、嘉永三年（一八五〇年）に井伊直弼《いいなおすけ》が彦根藩主になると、攘夷断行を建白した黄石は、開国主義者の直弼から罷免されている。

そんな黄石を、干將《かんしょう》・鏌邪《ばくじゃ》という名剣になぞらえて、星巌は詩で励ました。

看《み》んことを要《よう》す　星虹《せいこう》　光彩《こうさい》の開《ひら》くを
争《いか》でか　干鏌《かんばく》をして　久《ひさ》しく塵埃《じんあい》ならしめん
山《やま》は怡《よろこ》び　水《みず》は悦《よろこ》び　顔色《がんしょく》を動《うご》かす
天地《てんち》は油然《ゆぜん》として　春鼎《しゅんてい》　来《き》たる

星や虹のような光が発するのを、見るべきだ
どうして干將、鏌邪の名剣を、埃まみれにするのか
彦根の山も、水も、春がきて喜び、
天地は湯が沸くように、生き生きとしている

星巌の名声は、江戸や京のみならず全国に広まり、星巌を慕う若者も多かった。村上仏山《むらかみぶつざん》もそんな一人である。

村上仏山は、豊前の「水哉園《すいさいえん》」という家塾で教えながら詩を賦す、いわば田園詩人である。「梨花村草舎」が詩人としてのスタートだった星巌と経歴も似ていて、共感を覚えていた。貫名海屋のところで仏山と共に学んだ、池内大学の斡旋で出された『仏山堂詩鈔』に、次のような序文を寄せている。

　これは本当の儒農の詩である。都で儒者と称し、儒教を講じて生活している者がこの詩を読んだならば、どうして恥じて死なないことがあろうか。

この頃から、尊王攘夷の志士たちの間で漢詩を賦すことが流行し、仏山の住む豊前の田舎まで、長州の久坂玄瑞《くさかげんずい》、播州の河野鉄兜《てっとう》、そして池内大学も訪れている。

そうした影響もあり、後に桜田門外の変で井伊大老が倒された時、星巌や大学に対する哀惜の思いから、仏山は浪士たちへの賛歌を出している。

落花紛紛《らっかふんぷん》　雪紛紛《ゆきふんぷん》
雪《ゆき》を踏《ふ》み　花《はな》を蹴《け》って伏兵《ふくへい》起《お》こる
白昼《はくちゅう》に　大臣《だいじん》の頭《くび》を斬取《ざんしゅ》す

噫嘻《ああ》　時事《じじ》　知《し》るべきのみ

花はしきりに散り落ち、雪も乱れ飛ぶ
その雪を踏み、花を蹴って、伏兵が立ち上がった
白昼に堂々と、大臣の首を切り落とす
ああ、大変な事態だと、察知出来よう

池内大学、春日潜庵、岡本黄石、村上仏山といった若者たちと、星巌は交誼を結ぶ一方で、江戸の岡本《おかもと》花亭《かてい》、江湖詩社の宮沢雲山《みやざわうんざん》といった、星巌と同年代の知己の訃報を聞き、悲しみに沈んだ。

岡本花亭は、幕府の勘定方の小吏として働いていたが、その詩が水野忠邦《ただくに》の目にとまり、清廉潔白の士であることが認められて、勘定奉行に抜擢された、という有名な逸話がある。

星巌はあくまでも市井の詩人であったが、花亭のそんな硬骨漢な性格から、星巌とは仲がよかった。

先生《せんせい》　老病《ろうびょう》にして　官《かん》を去《さ》るとき
復《ま》た　余金《よきん》の女児《じょじ》を　嫁《か》せしむる無《な》し
笑《わら》うに堪《た》えたり　三十年《さんじゅうねん》　計吏《けいり》と為《な》り
未《いま》だ曾《かつ》て　一算《いちざん》の家私《かし》に及《およ》ばざるを

花亭先生は、年老い病いで、勤めをやめるとき
娘を嫁がせる、貯金もなかった
三十年あまりも、勘定方に勤めて
一銭も私服を肥やしていないとは、笑うしか無い

また、宮沢雲山は、武蔵の国秩父の人で、江戸で江湖詩社に参加した後、諸国を歴遊し、晩年は郷里で詩社を作っていた。雲山の訃報を聞いた時、星巌は、また一人、かつての詩人仲間を亡くしたと嘆いている。

群花《ぐんか》　開落《かいらく》す　小園《しょうえん》の春《はる》
何《なん》ぞ異《こと》ならんや　人生《じんせい》の化《か》　一巡《いちじゅん》するに
此《こ》の理《り》　尋常《じんじょう》として　看《み》て爛熟《らんじゅく》するも
也《ま》た　遠《とお》き訃《ふ》を聞《き》き　暗《あん》に神《しん》を傷《いた》ましむ

いろいろな花が開いては散っていく、小園の春
それは、人の生死が巡るのと、異ならない
この道理は、よく看て承知していたはずが
遠くで宮沢雲山君の訃報を聞いて、心を痛めることだ

さらには、星巌の弟長興《ながおき》や、紅蘭の兄長豊《ながとよ》という、星巌と紅蘭の身内でも不幸は続いた。紅蘭には兄長豊と、姉とうの兄弟姉妹がいたが、姉とうは星巌の弟長興に嫁ぎ、紅蘭は星巌に嫁いで、両家は深く結びつき、さらに紅蘭の実家は長豊が継いでいた。その稲津一族の肉親が次々と亡くなり、星巌も紅蘭も悲しみが絶えなかった。

星巌と紅蘭は、そうした人々の供養にと、湖東の永源寺を訪れた。

永源寺は、南北朝時代に、寂室元光《じゃくしつげんこう》禅師が開いた古刹で、愛知川の上流にあり、夏でも涼しく、紅葉の名所として親しまれている。応仁の乱の頃には、京都五山の僧たちが、戦乱を避けて修行をした。その後、一時、寺運が衰えたが、江戸になって、後水尾天皇をはじめ、東福門院徳川和子《まさこ》や、井伊彦根藩の帰依を受けて、伽藍が整備された。

季節は晩秋。二人が永源寺を訪れた時、紅葉が全山を赤く染め上げていた。

寒山《かんさん》　流水浄《りゅうすいきよ》くして　塵無《ちりな》し
万樹《まんじゅ》　紅《くれない》は濃《こ》し　十月《じゅうがつ》の春《はる》
白帝《はくてい》は　尽《ことごと》く秋色《しゅうしょく》を収《おさ》めて去《さ》る
只《た》だ　霜葉《そうよう》を留《とど》めて　遊人《ゆうじん》に与《あた》う

永源寺の寒山と流水は、清浄で塵もない

山中の紅葉は色濃く、小春日和の十月
秋を司る白帝は、もう去ってしまったが
この紅葉だけは、旅人に与えていってくれた

「やはり旅はいいな、きみ」

「そうですね。旅に出ると、悲しみも癒やされます」

「このところ、江戸での友人岡本花亭先生や、宮沢雲山先生など、訃報続きだったからな」

「私の兄長豊も昨年亡くなりましたが、曽根村で稲津の家を守ってくれていた長興さんまで、先立ってしまいましたから」

「人の生死は巡り来るものとはわかりながら、それにしても悲しいことだ。私は一度曽根村に帰ろうと思うが、きみはどうする」

「美濃に行っても、もうとう姉さんもいないので、長興さんの供養はすみ様にお願いして、先に京に戻ることにします」

田園の中にたたずむ曽根村は、京の緊迫した情勢から取り残されたような穏やかさだが、長興ととうのいない家は、何故か広く感じた。

七年前、江戸から郷里に戻った時には、長興ととうの弟夫婦が、温かく迎え入れてくれた。しかし、今はその二人もいないと思うと、星巌は無性に淋しくなった。

星巌は、まず仏壇の前で合掌し、家督を継いだ甥の長虔《ちょうけん》に、悔やみの言葉を述べた。

「三年前の母君とうさんにつづいて、今回は父君長興まで亡くなり、本当に悲しいかぎりだ」

「ありがとうございます。この上は星巌おじさま、紅蘭おばさまが頼りですので、どうかいつまでもお元気でいてください」

「私と紅蘭には子がないが、長興には、長虔君のような立派な跡取りがいるので、これで稲津家も安泰。それだけが救いだ。私と長興は、私が十二歳、長興が十歳で両親を亡くしているので、それを思えば、長興も長生き出来たのかもしれないが」

沈んだ声で話す星巌に、長虔は礼を述べた。

「どうか、星巌おじさまもゆっくりなさって、父の墓にも参っていってください」

長虔の家を出た後、小原鉄心が最近建てた「無可有荘《むかゆう》」に、星巌は立ち寄った。

城下町の北にたたずむ瀟洒な建物は、豊かな緑に囲まれた静かな環境にあり、鉄心の風流心がよく現れていた。荘内には、小夢窩《しょうむか》、大醒榭《たいせいしゃ》、蓬宇《ほうう》、の三つの東屋があり、花卉が五十種類も植えてあった。

鉄心が私淑した曹洞宗古刹、桃源山全昌寺の鴻雪爪《おおとりせっそう》の著書『山高水長図記』によれば、

庭の中を散歩すると、蓮池、茶畑、花壇などが、あちこちに整えられている。樹の傍らには梅があり、それに竹むらが寄り添うのがまことに好ましい。北面の窓を開いて望見すると、水を張った田がどこまでも拡がっている。山々の姿も美しく、遠くには恵那山、金華山、また近くには赤坂金生山、岡山（勝山）が数えられる。

と書かれている。

「鉄心君、ここはなかなか風流なところじゃないか」

鉄心の点てた抹茶を飲んで、星巌は感想を述べた。

「星巌先生に褒めていただければ光栄です。私もこの無可有荘で、詩作に励みたいのですが、昨今の情勢の中では、風流なすさみごとをしてすごすのも、難しくなりました」

「今の幕府に対抗するには、まず志を持った人材が必要。鉄心君も、大垣藩の軍制改革に取り組んでいるそうだが、反対する者も多かろう」

「藩の軍備を洋式に改めたいのですが、藩内の抵抗も結構ありまして」

「今はどこの藩でも、軍制改革をやっている。藤堂藩の斎藤拙堂君も、藩に洋式の軍制を導入しようとして、苦労しているようだ。一度、拙堂君の話を聞いてみるのもいいだろう」

「それは、是非、拙堂先生をご紹介ください。何かいい知恵を伺いたいもの」


一方、紅蘭は、「老龍琴」と言われる七弦琴の名器を手に入れた。

この楽器は、紘を巻き上げる糸巻きの部分「軫《しん》」に、「老龍《ろうりゅう》」の二字が彫ってあり、さらにその下に「笑傲烟霞《しょうごうえんか》」の四字の印があった。美しい山水で楽しみ遊ぶ、という意味である。

商人の話では、五百年前の楽器だということで、その木目は梅の花のようで、かみの毛ほどの傷もなかった。

先に伊勢で星野氏から借りた楽器を返すときは、胸がはちきれんばかりで、いつの日か自らも名器を手にしたい、と思った。

楽器との出会いは、一つの運命的なものでもある。一目見て気に入った紅蘭は、かなりの高額を商人から吹きかけられたものの、星巖と相談してお金を集め、なんとかこの楽器を手に入れることが出来た。

七弦琴は、十三弦琴より音量が小さい分、典雅で清楚な音がする。紅蘭はすっかりと魅了されてしまった。そして、佐久間象山にもこの楽器の音色を聞かせてやりたいと、紅蘭はふと思った。

壬子《じんし》の夏《なつ》　建卯《けんぼう》の月《つき》
商人《しょうにん》　琴《きん》を携《たずさ》え　来《き》たりて夸説《こせつ》す
斯《か》くの如《ごと》きの器《き》は　世《よ》に希《まれ》なる所《ところ》
古漆《こしつ》　断紋《だんもん》　髪《かみ》よりも細《ほそ》し
余《よ》の琴《きん》を求《もと》むること　年久《としひさ》し
何《なん》ぞ料《はか》らんや　一旦《いったん》　尤物《ゆうぶつ》を見《み》んとは
古気《こき》　森然《しんぜん》として　来《き》たりて人《ひと》を衝《つ》く
目《め》は悦《よろこ》び　心《こころ》も怡《よろこ》びて　口《くち》は訥《とつ》なるが如《ごと》し

嘉永五年、壬子《みずのえね》の初夏の四月

商人が琴を持ってきて、自慢して言う
これほどの名器は、世間に滅多にないもの
漆は古く、木目の髪よりも細い
私は長年、琴を求めてきたが
このような名器を見るとは、思いもよらなかった
琴の持つ古めかしい神気が、人に迫り
私の目も、心も、うれしさで言葉がでなかった

多くの若き人々との出会いと、古くからの知己との別れがあった、鴨沂小隠の生活の中で、ようやく都での暮らしにも慣れ、愁いも晴れようとした時、世間を騒がせる大事件が起きた。

15「黒船来航」　嘉永六年（一八五三年）京都　鴨沂小隠

嘉永六年（一八五三年）六月三日、アメリカ東インド艦隊司令長官ペリー率いる軍艦四隻が、浦賀沖に姿を現した。時代は、この時から「幕末」に入る。

そもそも、明治維新を革命と捉えるならば、日本の革命はこの年に始まり、明治十年（一八七七年）

の西南戦争で終わったといえよう。

ペリーがアメリカを出発したのは、その前年の十一月二十四日。そこから大西洋を東に進み、アフリカ最南端のケープタウンを経て、香港に入るのが四月七日。ここで東インド艦隊と合流。サスケハナ号、ミシシッピ号、サプライ号、キャプリース号の軍艦四隻で日本に向かい、琉球、小笠原諸島に寄港した後で、浦賀沖に姿を現した。

ペリーの対日交渉の目的は、次の三点であった。

一、日本沿岸で遭難したアメリカ船乗組員の生命・財産の保護
二、それらの船舶への薪水・食料の補給港を求める
三、日米両国の貿易をすすめる

六月九日、ペリーは久里浜で国書を幕府に渡し、十二日には、国書の回答を翌年受け取ることにして、浦賀を去った。

梁川星巌、時に六十四歳。京都の鴨沂小隠《おうぎんしょういん》で、黒船来航を知った星巌は、早速詩に賦した。テレビも新聞もなかったこの時代、星巌の詩は今のメディアのような働きをし、人々はこの詩によって事件を知った。

一道《いちどう》の砲声《ほうせい》　雷《かみなり》　天《てん》に震《ふる》う
邦家《ほうか》　此《これ》より　事《こと》　騒然《そうぜん》たり
何《なん》ぞ　警報《けいほう》を須《ま》って　方《まさ》に備《そな》えを為《な》さん
転海書《てんかいしょ》　来《き》たりて　已《すで》に十年《じゅうねん》

一発の大砲は、雷のように天を震わせた
我が国は、これから騒然となるだろう
どうしてその警報を聞いて、今更備えをなすのか
開国を求める書が来たのは、十年も前なのに

「転海書」とは、先の天保十五年（一八四五年）にオランダから来た国書を指し、アメリカが日本との国交を求めてくるかもしれないと、警告してきた。それは厳密に言えば、ペリー来航の九年前のことであった。
しかし、日本は何らの対応策も考えておらず、現実にペリーがやってきた衝撃は大きかった。

皇朝《こうちょう》に制有《せいあ》り　厳《げん》にして密《みつ》なり
許《ゆる》さず　諸商《しょしょう》の外夷《がいい》と通《つう》ずるを
縦《たと》い　万来《ばんらい》せしむるも　皆絶《みなた》つべし

惟《た》だ　墨利《ぼくり》　鄂羅斯《おろす》のみならず

皇国には外交の制度があり、厳密なものだ
諸商人の外国との通商は許さない
たとい何万回やってきても、すべて絶つべきだ
それは、墨利《アメリカ》、鄂羅斯《ロシア》だけではない

国体存《こくたいそん》すべし　安《いず》くんぞ偸《ぬす》むべけんや
知《し》らず　若個《いかん》か　是《こ》れ　良図《りようと》なるを
宋朝《そうちよう》の当事《とうじ》　皆《みな》　巾幗《きんかく》
独《ひと》り陳同《ちんどう》のみ　真《しん》の丈夫《じようふ》有《あ》り

神武以来存続する我が国を、どうして盗むことが出来よう
今の政治家は、国を守る良策を知らないのだ
宋朝は皆巾幗をした婦人ばかりで、元朝に屈した
ただ陳龍川だけが、本当の男児であったのだ

「巾幗」とは、三国時代に諸葛孔明が、魏の曹操に婦人の首飾りを贈り侮辱して、挑発した故事によ

る。陳同（陳龍川）とは南宋の朱子の論敵で、北方の異民族に対して、主戦論を張った。同様に、ペリーの威嚇に対して断固戦えと、星巌は主張しているのである。

老中の阿部正弘は、この「黒船」来航を国家の一大事と捉え、六月十五日に朝廷に報告するとともに、諸大名以下、幕府有司・儒者・浪人・町人にいたるまで、意見を徴した。

その時に集まった意見書は、全部で七百十九通。その内訳は、大名から二百五十通。幕臣から四百二十三通。藩士から十五通、学者から二十二通。庶民から九通であったという。内容としては、主戦論から拒絶論、許容論まで、さまざまであったが、大半は現状維持を唱えるものであった。

それをうけて幕府は、水戸前藩主徳川斉昭を海防参与とし、幕政に参加させた。この時の幕府の意図としては、斉昭をひきこむことによって、強硬な攘夷論や、幕政改革を、声高にとなえる諸大名をおさえようとしたらしいが、結果として、いよいよ藤田東湖が、政治の表舞台に立つことになった。

黒船来航という事件を受けて、「海防」について、それまでも発言してきた星巌のところに、意見を求めて尋ねてくる志士も多くなった。その中に、後世有名になる長州の吉田寅次郎、つまり、松下村塾を開く吉田松陰もいた。

松陰は、文政十三年（一八三〇年）、長州藩士杉百合之助《すぎゆりのすけ》の次男として生まれ、伯父で山鹿流《やまがりゅう》兵学師範の吉田大輔《だいすけ》の養子となった。しかし、アヘン戦争で、清が西洋に大敗したことを知り、山鹿流兵学が時代遅れであることを痛感し、嘉永三年に江戸に出て、佐久間象山に師事した。

その象山のことを、松陰は実家の兄に、次のような手紙に書いている。

佐久間象山は現代の江戸で惟一人の豪傑です。朱に交われば赤くなりますが、象山先生の気質がどこから来たのかわかりません。気概あり、学問あり、すぐれた見識のある方です。

松陰はこの頃、江戸で佐久間象山と討論していたが、六月に黒船が来るや、直ちに浦賀に向かい事情を探り、九月には江戸を去って、密かに黒船に乗り込もうとして、長崎に行った。が、黒船は既に立ち去った後だったので、その足で熊本に向かい、肥後藩士の宮部鼎蔵《みやべていぞう》、野口直之《のぐちなおの》允《いん》を誘って、十二月四日に京都の梁川星巌のところを、尋ねてきたのである。

「君が吉田松陰君ですか。佐久間象山先生から、素晴らしい若者が入門した、と聞いていましたので、一度会ってみたいと思っていました」

「星巌先生、私は今度やってきた黒船を実際に見てきました。異人と戦って、神州の士気を高めたいものと、象山先生とは話しましたが、悔しいながら、今の日本の技術では、あの黒船に太刀打ち出来るものではありません。一体、どうすればよいのか、是非お話しください」

「まずは志を持つことです。そして、世界を知ることです。何も知らずに、無鉄砲な議論をしている輩が、いかに世に多いことでしょうか」

「私が学んだ安積艮齋《あづみこんさい》先生も、山鹿素水《やまがそすい》先生も、幕府の武力で黒船に対抗することは出来ないとわかると、結局、ひとまず屈服するしかない、という幕府の方針に賛成しました。江戸で黒船など恐れるに足らず、と気を吐いたのは、独り象山先生だけです」

「はっ、はっ、はっ。象山先生の剛毅な様子が、目に浮かぶようです。象山先生の西洋兵学に対する学問が、今こそ大切になるのでしょう。むやみに恐れることはありません。まずは、外国のことを知って、それからどうすべきかを考えるべきです」

「そこは象山先生も同じ考えです。百聞は一見に如かず、出来ることなら西洋に出向き、自分の目で、自分の心で、西洋を学芸のありさまを、学んでくるのが一番だ、とおっしゃいました。東洋の精神で、西洋の技術を体現する。つまり、日本人の魂を抱き続けながら、西洋的な知識を得る、というのが象山先生の考えです。そこで私は、露西亜《ろしあ》の軍艦を追って、長崎まで行き、ひそかに密航を企てましたが、すでに去った後でした」

「松陰君、君は、すでに、自分の良知をみつけているではありませんか。君の信じる道を進むことです。書物の中に、埋もれるべきではありません。行動すべきです」

星巌は、吉田松陰に詩を送って励ました。

悔《くや》しき哉《かな》　早歳《そうさい》　虚声《きよせい》を盗《ぬす》む
皓首《こうしゅ》　終《つい》に　一事《いちじ》の成《な》る無《な》し
羨《うらや》むべし　諸君《しよくん》は皆駿足《みなしゅんそく》
百千万里《ひやくせんばんり》　是《こ》れ前程《ぜんてい》

私が年若くして、詩人の名声を得てしまったのは、悔しいこと

年老いて白髪になったのに、国家のために一事も成せぬ
駿才たる諸君の今後の活躍は、実にうらやましいこと
どうか、これから百千万里を駆けてほしい

長崎渡航計画が失敗し、落胆する吉田松陰を見送りながら、その一途な言行は、このうえなく爽やかで、羨ましくもあった。

ペリーショックの実態は、巨大な軍事力の差を見せつけられて、戦う前に敗北してしまうという屈辱だった。今、大切なことは、武家はもとより、百姓、町人に至るまで、心と力を一つにすることだというのが、星巌の思いであった。

そのため、天皇を中心とした挙国一致の体制を築いて、外国と交渉しようという、尊王攘夷論を星巌は展開した。しかし、幕府の方針は、ひたすら戦いを避け恭順し、現状を維持して、批判するものは弾圧する、ということに終始するものだった。

この年の暮れ、星巌は次のような感慨を述べている。

駒景《くけい》　怱怱《そうそう》として　霜雪繁《そうせつしげ》し
天行《てんこう》　人事《じんじ》　銷魂足《しょうこんた》る
寒林《かんりん》に　独《ひと》り　梅花《ばいか》を嗅《か》いで立《た》つ
又《ま》た　是《こ》れ　時《とき》を傷《いた》む一鹿門《いちかもん》

一年は慌ただしく過ぎ去り、特に霜や雪が深い
天象や人事を見ていると、魂も消え入るばかりである
寒林で一人、梅の香りを嗅いで立っていると
私は、時勢を憂える鹿門先生のようだ

鹿門先生とは、明の文学者茅坤《ぼうこん》のこと。文武の才があり戦功もあったが、誹謗されて職を去っている。

異国に攻め入られ、清の二の舞になるのではないか、という不安な世相の中で、如何にして勤王の精神を貫くのかと苦悶する自分の姿を、茅坤に重ねたのである。

さらに、翌嘉永七年（一八五四年）元日の詩では、日本が異人に支配されてしまうのではないかという危機感を、星巌は詠んでいる。

皇統《こうとう》は連綿《れんめん》たり　万万春《ばんばんしゅん》
普天《ふてん》の率土《そつど》は浄《きよ》くして　塵《ちり》無《な》し
若《も》し　津港《つこう》を開《ひら》いて　妖鰐《ようがく》を容《い》るれば
同《おな》じく左衽《さじん》の人《ひと》と　為《な》るを免《まぬが》れず

万世一系の我が国の皇室は、連綿と万々年と続き
天下は至るところ清浄で、塵ひとつない
もし港を開いて、恐ろしい鰐《わに》のような異人を入れるなら
すべて異国の人となるのを、免れないだろう

「左衽の人」とは、異国の服装をした人のことを言い、『論語』の中で、もしも斉の宰相管仲《かんちゅう》がいなければ、異国に征服されて、その風俗をさせられていただろうと、孔子が管仲を褒め称えたことを、出典とする言葉である。

この時の星巌の考えでは、基本的に開国について反対の立場を取っている。伊豆国の頭たる下田と、奥羽の尾である箱館は、絶対に開国すべきでない、という。

豆頭《づとう》　羽尾《うび》は　我《わ》が藩籬《はんり》
何事《なにごと》ぞ　匆匆《そうそう》と蠢児《しゅんじ》に付《ふ》す
山川《さんせん》　本《も》と是《こ》れ　官家《かんか》の物《もの》
貴三司《きさんし》に到《いた》るも　私《わたくし》するを得《え》ず

伊豆下田と、奥羽函館は、共に我が領土
どうしてやすやすと、ハリスに与えるのか

我が国の山や川は、元々朝廷のもの
貴い役人でも、私物には出来まい

しかし、一月十六日、約束通りペリーは六隻の軍艦で来航した。この時のペリーは、ロシア艦隊のプチャーチンも、「日露和親条約」の締結を申し出て、長崎に来航したと知って、焦っていた。一方で、幕府の交渉委員は、儒者の林大学頭であったが、交渉の方針は穏便第一主義で、当方から手を出すと戦争になるから、国威を失わないように穏便に処置する、というものであった。それで、ペリーの砲艦外交の前に、にわかに腰砕けになってしまった。

その結果、結局ペリーと幕府は、三月三日に日米和親条約を締結した。

①日米両国は永世不朽の和親を結ぶ。
②下田と箱館を開港して、薪水・食料・石炭を供給し、代金を受け取る。
③アメリカの役人を下田に置く。
④日本がアメリカ以外の第三国に許可した条約を、アメリカが望むなら交渉なしで同じ条件を与える。

この中に通商に関する条項はなく、国交についてふれたものもないので、これは開国を意味する条約ではなく、国家の体制を変更するものではない、というのが幕府の言い分であった。しかし、アメリカにすれば、日本に領事館を設けることが出来たのは、大きな成果であり、その是非をめぐって、国中で議論が起こることになる。

しかし、この弱腰の幕府の姿勢以上に星巌を嘆かせたのは、昨年、星巌を訪れた吉田松陰が、再び海外渡航を企て、それに失敗したことだった。

前年、一緒に星巌のもとを訪れた宮部鼎蔵は、その計画があまりに杜撰《ずさん》なのを危ぶんで反対し、今回従ったのは、松陰の弟子の金子重之助であった。

三月二十七日、月のない寒い深夜に、二人は小舟でアメリカ軍艦ポーハタン号に乗り付けるが、ペリーは二人の面会要求をあっさりと断った。その後、送り返された二人は、下田奉行所に自首して、そのまま獄に入れられた。

さらに不幸なことに、船中に残した松陰の手荷物から、象山が長崎渡航の際に贈った漢詩が見つかり、象山は二人を扇動したということで捕らえられ、信州松代で蟄居させられた。

象山はその詩の中で、決然と松陰を励ましている。

之《こ》の子《こ》　霊骨《れいこつ》有《あ》り
久《ひさ》しく厭《いと》う　蹩躠《べっさつ》の群《む》れを
衣《ころも》を振《ふる》う　万里《ばんり》の道《みち》
心事《しんじ》　未《いま》だ人《ひと》に語《かた》らず
則《すなわ》ち　人《ひと》に語《かた》らずと　雖《いえど》も

忖度《そんたく》するに　或《ある》いは因有《いんあ》り
送行《そうこう》して　郭門《かくもん》を出《い》ずれば
孤鶴《こかく》　秋旻《しゅうびん》に横《よこ》たわる

この青年は、生まれつき秀霊な骨相をそなえており
凡俗の群れに伍することを、嫌ってきた
このたび決然と、万里かなたに向かおうとしているが
その心中は、まだ誰にも打ち明けていない
自分の胸の内を語らないけれども
推測すれば、深い思いがあるはずだ
その旅立ちを見送ろうと、町外れまで出てみると
一羽の鶴が、秋空高く飛んでいた

ペリーが来航したときの、浦賀奉行戸田氏栄《うじよし》は、深坂戸田家の第六代当主で、深坂藩は大垣戸田家の分家であった。

そこで氏栄は、本家の大垣戸田家に応援を頼み、小原鉄心が百三十名の藩兵を連れて、浦賀奉行の警護についた。鉄心は斉藤拙堂とも連絡をとり、藩の軍備を西洋式に変えて、この時の対応に当たった。

その鉄心に、佐久間象山、吉田松陰のことを、星巌は手紙で伝えている。

周防の僧月性《げっしょう》と申す者が上京しました。この者は斎藤拙堂の門人で、法話に海防の話を交えて、人々に教えている、まことに優れた僧です。私の方へは、吉田松陰からの紹介状をもってきました。寅次郎は故郷にひきこもり、日夜読書をしています。佐久間象山も范文正公の典故となった、松の絵を送ってきました。これも日夜読書し、時節の到来をまっています。

この手紙の中に出てくる月性上人は、この後、頻繁に星巌のところに訪れるようになった。
月性は文化十四年（一八一七年）に、周防（山口県）で生まれた。二十七歳の時に、大坂の篠崎小竹の梅花塾に学び、斎藤拙堂や、頼三樹三郎、梅田雲浜などの尊王の志士と気脈を通じた。
月性が故郷を出立した時、『将に東遊せんとして壁に題す』と題して作った七言絶句の、特に最後の一句「人間到る処青山有り」が、よく知られている。

男子《だんし》志《こころざし》を立《た》てて　郷関《きょうかん》を出《い》づ
学《がく》若《も》し成《な》る無くんば　復《ま》た還《かえ》らず
骨《ほね》を埋《う》むるに　何《なん》ぞ期《き》せん墳墓《ふんぼ》の地《ち》
人間《じんかん》到《いた》る処《ところ》　青山《せいざん》有《あ》り

男子がいったん志をたてて、故郷を出るからには
学問がもし成就しなかったならば、ふたたび故郷には帰らない
自分の骨を埋めるのは、何も祖先の墓の地とは限るまい
世の中の到る処に、骨を埋めるにふさわしい美しい青山があるものだ

月性は、ペリー来航の時には、「時習館」という私塾を開いていたが、そこの生徒だった秋良敦之助ら三十余名と一緒に、武芸を披露し、気勢をあげている。

その後月性は、西本願寺門主に招かれて京都に赴き、各地の寺々で法話を行なうが、その際にはかならず海防の大義を説き、民百姓から武士までが一丸となって、国難の打開にあたることが大切だ、と説いてまわった。この勤王海防の説は、畏友吉田松陰に影響を残し、高杉晋作の騎兵隊も、月性の発想によるとも言われる。

梁川星巌は、法話に奔走する月性に対して、次の詩を贈って励ました。

手裡《しゆり》　一条《いちじよう》の鉄《てつ》
嚢中《のうちゆう》　三部《さんぶ》の経《きよう》
去《さ》れ　海氛《かいき》　熾《さか》んなり
急急《きゆうきゆう》　律令《りつりよう》の如《ごと》し

君は常に、一本の刀を手にし
三部の経を袋に入れて、説法している
去っていけ、不吉な妖気が海に満ちているから
急いで退散して、警戒せよ

「三部経」とは、浄土真宗で唱える「無量寿経」「観無量寿経」「阿弥陀経」のこと。また「急急律令のごとし」とは「資暇録」にあり、「急ぎ律令の命令に対すると、同じようにせよ」という、悪魔退散の祈祷の言葉。

星巖は、吉田松陰の萩での様子について、この月性から聞いた。

「月性上人は、私のところに尋ねてくれた吉田松陰君とは、同郷のよしみで親交があるとか。渡航に失敗して捕らえられたまでは聞いているが、さらに詳細を何か知っていますか」

「弟子の金子重之輔君と一緒に、黒船に近づくことまでは出来たのですが、結局ペリーの方が、吉田君の渡航を助けるより、幕府との条約締結を優先した、というのが真相のようです。近いうちに、日本とアメリカは、自由に往来出来るようになるから、それまで待て、とペリーは言ったそうです。松陰君も、このまま帰されれば、国法を犯した以上処刑されるからと、随分粘ったようですが、結局、アメリカの船で、送り返されたようです」

「そうですか」

詳しい経緯を聞き、星巖も松陰に同情した。

「それより立派なのは、佐久間象山先生でしょう。国禁を犯して入港した黒船をとがめずに、渡航して西洋事情を究めようとする、憂国の士を投獄するとは何事か、と奉行所で一席ぶったそうですから」

「はっ、はっ、はっ。その丈夫《ますらお》ぶりが、いかにも象山君らしいですね」

「松陰君は、萩の野山獄に収監されたようですが、そこの囚人たちと一緒に、孟子を読んでいる、と聞き及んでいます」

「ほう、それも、あの元気の良かった若者らしい話ですね」

「松陰君は落ち込んでいませんよ。出獄出来たら、実家で塾を開いて、若者たちに志を語りたい、と私に話していました。彼の人生はまだこれからです」


嘉永七年は、十二月に安政に改元され、いよいよ激動の安政年間となった。

16「芳野懐古」　安政二年（一八五五年）奈良　芳野

ペリー来航後、他の西欧諸国も日本に開国を要求し、日米和親条約の締結に続いて、日露、日英、日蘭の和親条約も結ばれ、世界に開かれた鎖国の窓は、つぎつぎと押し広げられていくことになった。

自分より二十歳も年下な佐久間象山や、藤田東湖、さらには月性や、岡本黄石たち、そして、それよりさらに十歳以上若い吉田松陰や、頼三樹三郎といった若者たちが、国を憂えて、自らの志を語りに、星巌のところに集まってくるのも、星巌にそれだけの魅力があったからだろう。

安政二年（一八五五年）正月、年賀に訪れた頼三樹三郎は、星巌に尋ねた。

「星巌先生は、ペリーの要求に対して、どのようなご意見ですか」

「開国はやむ得ないにしても、通商には断固反対です。本来なら鎖国攘夷を貫きたいが、今の彼我《ひが》の力の差を見ると、開国して西洋の文化を取り入れるしか無いだろう。そのうえで、国力をつけ、本当の攘夷をする。それが象山君らの理想だ。しかし、今の現実的な対応としては、アメリカの要求をのらりくらりと引き延ばす、ぶらかし戦術にでるしかない。歯がゆいばかりだ」

「水戸の斉昭侯も、きっと同じ思いでしょう。今まで海防の必要を、あれほど説いてこられたのに、幕府は財政赤字を理由に耳をかしてこなかった。そのくせ、いざ黒船がやってくると、斉昭侯を海防参与にしてすり寄ってくる。今となっては、重病人をおしつけられた医師のようなもので、『匙を投ぐるの外なきなり』と、激怒されたのも当然です」

「いつから我が国の侍は、自ら責任を取るということを、忘れてしまったのか」

「彦根の井伊直弼は、策略として開国・通商して、軍艦を購入し、軍事技術を学ぶべきだというのですが、果たして、一度通商までしてしまって、我が国の国体を守れるものか」

「ですから、彦根藩家老の岡本黄石君のような人に、頑張ってもらうしかない。彼は立派な勤王の志士ですから。大切なのは、帝を中心に、挙国一致を図れるか、どうかでしょう。そのために、三樹三郎君のような若い人に、活躍してほしいのです」

星巌は、自らの見識を語る頼三樹三郎の成長が、何より嬉しかった。三樹三郎が帰った後、星巌は久しぶりに長楽寺を訪れ、息子の三樹三郎の成長を、父山陽に報告しようと思い立った。
「山陽先生。あなたは志半ばで斃れましたが、先生の国を思う遺志は、立派に三樹三郎君が継いでくれましたよ」

落木《らくぼく》の寒山《かんざん》に　夕景《せきけい》は曛《くら》けれども
手《て》に荒草《こうそう》を披《ひら》いて　孤墳《こふん》を弔《ちょう》せり
悲風《ひふう》に吹《ふ》かれて老《お》いたり　白楊《はくよう》の影《かげ》
片石《へんせき》に痕《あと》をば残《のこ》したり　黄絹《こうけん》の文《ぶん》
豈《あ》に料《はか》らんや　北邙《ほくぼう》に来《き》たりて　菊《きく》を薦《すす》めんとは
曾《かつ》て東野《とうの》に於《お》いて　雲《くも》と為《な》らんと欲《ほっ》せしに
一言《ひとこと》　敢《あ》えて告《つ》げん　公《きみ》　瞑目《めいもく》せよ
崑玉《こんぎょく》は　能《よ》く　奕葉《えきよう》の勲《くん》を承《う》けん

落葉の寒山に、夕日の影がくすんでいるけれども
手ずから雑草をかき分け、山陽の墓参をした
寂しげな風に吹かれて、老い衰えた白柳の姿も
欠けた墓石に、山陽の優れた文字を、残しているだけだ

どうして予期しただろうか、君の墓に来て菊を供えようとは
かつて東国で雲になろうと、君は願っていたのに
一言君に告げよう、どうか安らかに眠ってほしい
君の優れた子どもたちは、立派に手柄をたてているから

「曽て東野に於いて　雲と為らんと欲せし」の一句は、美濃の江馬細香を娶ろうとしたが、結局かなわなかったことを指しているとも、また、頼山陽が江戸に出て詩人の名声を得ようとしたのが、病を得て実現しなかったことを指しているとも言われる。

そして、この年には、三樹三郎の母である、頼山陽の梨影夫人が病で亡くなった。享年五十九。梨影夫人は最初内縁の妻として山陽の所に上がり、やがて二人の子を得ることで妻として認められ、山陽の放蕩生活を陰で支え、その亡き後は、二人の子を無事育て上げた。

そんな梨影夫人に対して、紅蘭は深く悲しみ、詩を捧げた。

西風《せいふう》　粛殺《しゅくさつ》　秋旻《しゅうびん》に向《む》かう
片夢《へんむ》　俄《にわか》に驚《おどろ》く　化《か》一巡《いちじゅん》するを
覚《おぼ》えず　惻然《そくぜん》として　哀《あい》節《せつ》に越《こ》ゆ
君《きみ》の為《ため》に慟《どう》せずんば　何人《なにびと》の為《ため》にせんや

梨影さまが亡くなり、秋風の淋しさの中で呆然とする
その死は、ほんの夢かと驚くばかり
思わず私の悲しみは、節度をこえるばかり
この人のために慟哭しなければ、誰の為に嘆こうか

死《し》に事《つか》えること　亦《ま》た猶《な》お　生《せい》に事《つか》えるが如《ごと》し
三十年《さんじゅうねん》の霜苦《そうく》　坤貞《こんてい》を守《まも》る
幽魂《ゆうこん》　相《あ》い慰《なぐさ》む　知《し》んぬ何《なん》の処《ところ》ぞ
幸《さいわ》いに鳳雛《ほうすう》の声《こえ》　転《うた》た清《きよ》らかなり

梨影さまは亡くなった山陽先生に、生きているかのように仕え
三十年の厳しい苦労に堪えて、夫人の貞節を守った
あなたの魂は山陽先生の魂に会い、どこで互いに慰めていようか
あなたの育てた鳳凰《ほうおう》の雛（三樹三郎）の、鳴き声の清らかなこと

頼山陽を亡くしてから、三十年にわたって、梨影が女手一つで二人の子どもを育てたことに、紅蘭は深く共感している。三樹三郎が憂国の志士となって、山陽の跡継ぎとして活躍していることは、泉下の頼山陽の魂にとって、何よりも慰めとなったことだろう。

安政二年の春、星巌は紅蘭と連れだって大和に旅立ち、伏見、桃山、奈良を経て吉野の桜を見に行った。

吉野川をわたり、さらに南へ急な坂道を上って吉野に入り、仁王門をくぐって最初にあるのが、金《きん》峯《ぷ》山《せん》寺《じ》の蔵王堂。そこは、かつて役行者《えんのぎょうじゃ》が開いたと伝わる修験道の総本山で、後醍醐天皇もここの僧兵の力を頼って、吉野にやってきたという。後醍醐天皇は、そこの僧坊だった吉水院を行宮《あんぐう》とし、北朝の足利尊氏と対抗した。

ご本尊の蔵王権現ににらまれると、すべての悪霊も退散するかのようであり、ペリーもにらみつけて追い払ってほしいものだ、と星巌は思った。

吉野の桜は、麓から順に咲き始め、卯月ひとつきかかって、山頂まで花が駆け上る。それを下千本、中千本、上千本、さらには奥千本というが、その下千本から中千本に移るあたりに、金峯山寺と谷を隔てて、後醍醐天皇の勅願寺である如意輪寺《にょいりんじ》がある。

まずは本堂の如意輪観音に参り、その本堂を左から後ろに回ると、後醍醐天皇陵へと続く石の階段がある。延元四年（一三三九年）、五十二歳で亡くなった帝は、ここに葬られている。

「天子は南面す」の言葉どおり、普通天皇陵は、南向きに造られるものだが、この後醍醐天皇陵は、いつか都に戻りたいという帝の願いから、北向きになっている。

星巌と紅蘭は、後醍醐天皇陵に参拝した後、金峯山寺の参道に戻る途中の五郎兵衛茶屋で一息入れた。折からの花見客で、狭い店の中は混雑していた。

「すみ様、谷に面した報国殿の桜は、特に美しかったですね」

「きみは花が好きだからな」

「西行法師が、花の下で死にたいとおっしゃった気持ちはわかります」

「お前が一番好きなのは、やはり桜の花か」

「うふふ。それは、すみ様にもお教えしません」

「しかし、吉野の山路は、なかなかしんどいことだ。一汗かいた。きみ、さすが吉野葛の本場だけあって、この葛きりはうまいな」

星巌の言葉に、紅蘭も葛きりを口に含んで答えた。

「すみ様は、私に対して、南朝の歴史を偲ばずに、花を見ているだけだとおっしゃいますが、すみ様こそ、実は葛きりが目当てで、わざわざ吉野までいらっしゃったのではないですか」

「はっ、はっ、はっ」

星巌は高笑いを響かせた。旅に出ると、西征千里の旅をしていた頃の、若々しさを取り戻すようであった。

「葛きりを食べに、吉野まで来たのではないことを、きみに示すため、一首詠もうか」

今来《こんらい》 古往《こおう》 事《こと》は茫茫《ぼうぼう》たれども
石馬《せきば》 声無《こえな》く 抔土《はいど》は荒《あ》れたり
春《はる》は桜花《おうか》に入《はい》り 満山《まんざん》は白《しろ》く

南朝《なんちょう》の天子《てんし》　御魂《ぎょこん》は香《かんば》し

昔から今までの事跡は、すべてあとかたもなく
陵墓の前の石像は声もなく、荒れるにまかせている
春は桜の季節、吉野山は真っ白で美しい
南朝後醍醐帝の魂が、香しく匂うばかりだ

「それにしても、今見た御陵には石像がなかったのに、先生が『石馬は声無く』と詠まれるのはなぜですか」

「中国の長安にある、武帝の茂陵のまえには、征服した異民族の石像があるそうだ。後醍醐天皇も、きっと北朝を組み伏せて、石像にして飾りたかったのでは、そんな気がしてな」

「今来古往という言葉で、帝の御代と、今の徳川の時代が、比べられていますね。荒れ果てた白い石馬と、この吉野山の桜の華やかさとを比べると、ますます人の世のはかなさを感じます。南朝の天子、後醍醐帝の魂が、今でも吉野にいらっしゃるようで」

「漢詩には、魂という言葉には御はつけないので、本当なら御魂《ぎょこん》という言い方はふさわしくない。でも、今日の満開の桜を前に、まさしく後醍醐帝の魂が香しく匂い出てくるように思わないか。私や山陽先生の詩には和臭があると、唐詩一辺倒の蘐園流《けんえんりゅう》の詩人は非難するが、あいつらの詩に、人を動かす力があるというのか」

「楠木正成《くすのきまさしげ》や、新田義貞《にったよしさだ》の活躍を、詠史にして紹介したのは、頼山陽先生です。でも、私はとみ様の詩のほうにより心打たれます」

この梁川星巌の「芳野懐古」は、藤井竹外《ちくがい》の「芳野」、河野鉄兜《てっとう》の「芳野」と合わせて「芳野三絶」と称される。

このうち、藤井竹外の「芳野」は、まだ星巌が江戸にいた天保十年（一八三九年）の作。

古陵《こりょう》の松柏《しょうはく》　天飆《てんぴょう》に吼《ほ》ゆ
山寺《さんじ》　春《はる》を尋《たず》ぬれば　春寂寥《はるせきりょう》たり
眉雪《びせつ》の老僧《ろうそう》　時《とき》に帚《は》くことを輟《や》め
落花《らっか》　深《ふか》き処《ところ》に　南朝《なんちょう》を説《と》く

後醍醐天皇の陵墓の松柏に、つむじかぜが吹く
山寺に春を尋ねると、春はまだ物寂しい
眉白き老僧が箒ではくのをやめて
花びらが積もったところで、南朝の話をしてくれた

星巌の詩の「南朝天子御魂香」という荘重さに比べて、竹外の詩の方が繊細な感じがするが、「芳

野三絶」の当時の世評は、竹外の方が高かった。

竹外には尊王攘夷の志士として活躍した形跡は見られないが、この詩にも勤王の思いを感じるのは、やはり師頼山陽の「日本外史」の影響であろう。

さらに、河野鉄兜の詩。

山禽《さんきん》　叫断《きようだん》して　夜寥寥《よるりようりよう》たり
無限《むげん》の春風《しゆんぷう》　恨《うら》み未《いま》だ消《き》えず
露臥《ろが》す　延元陵下《えんげんりようか》の月《つき》
満身《まんしん》の花影《かえい》　南朝《なんちよう》を夢《ゆめ》む

山鳥が鋭くないて、夜がしんしんと更けていく
吹き来る南風は、後醍醐天皇の恨みが、まだ消えないようだ
延元陵（後醍醐陵）の月の下で、野宿すると
全身桜花に包まれて、南朝の夢をみた

河野鉄兜は播州林田藩の儒者で、尊王派の詩人。後醍醐天皇の「恨み未だ消えず」という激しさが、この詩の魅力であろう。

幕末のこの時期は、漢詩が人々の心を揺さぶった時代であり、星巌や竹外、鉄兜の詩を読んで、人々は尊王の精神を知った。

安政二年の十月二日には、江戸で大地震があり、藤田東湖《ふじたとうこ》が家屋の下敷きになり亡くなるという、痛ましい出来事もあった。黒船来航という国難の時、海防参与になった水戸斉昭を支えていたのが、藤田東湖である。これ以降、水戸斉昭の言動も極端になっていき、結局水戸藩が幕末の動乱で主導権を握れなかったのも、この時に藤田東湖を失ったことによる、と言われている。

星巌は、水戸藩の事情に通じていた池内大学から、東湖の様子を聞いた。

「東湖先生は、一度は建物の外に出て助かったものの、倒壊した家屋の下敷きになった母君を助けようとして、結果的に身代わりになってしまったそうです。親孝行の念厚き東湖先生らしいのですが、今、一番世の中に必要なお方だっただけに残念です」

いつもは雄弁に話す池内大学が、この時は落胆した口ぶりであった。

「いかにも。結局、私も玉池吟社を閉じてから、あれほど世話になっていた東湖君に、お礼一ついえなかった。悔しい限りだ。これから水戸藩はどうなることか」

「水戸学の二枚看板は、会沢正志齊《あいざわせいしさい》先生と、藤田東湖先生でしたが、やはり中心は東湖先生。斉昭侯も絶大の信頼をしていらっしゃいました。会沢先生の学は、結局徂徠学から抜け出しておらず、道徳と政治を切り離していますが、東湖先生は政治の中に水戸学を使うべきだと主張された。今の国家の危機を救うのは、東湖先生の学でしょう」

「本当に残念なことだ。私のような老いぼれが、いつまでも老残をさらしているというのに、これから活躍すべき東湖君が、こんな死に方をするとは。若い人が亡くなるのは、本当に哀しいことだ」

「先に水戸まででかけた時にも感じましたが、もともと水戸藩は、親藩としての佐幕派と、水戸学を奉じる勤王派の対立が、激しいところです。勤王派の斉昭侯、東湖先生がいらっしゃったから、今まで水戸藩もまとまっていましたが、これからはどこまで力となることか。早く私たちも、計画を進めるべきかもしれません」

池内大学にそう言われて、星巌も顔をひきしめた。

天《てん》か人《ひと》か　異災《いさい》足《た》る
神輿《しんよ》は震裂《しんれつ》して　噫《ああ》危《あや》うき哉《かな》
呂翁《ろおう》は尋思《じんし》す　荒荒《こうこう》の世《よ》
大抵《たいてい》は　帰去来《ききょらい》に如《し》かず

天意か、人意か、災いが続いている
大地が震え裂けて、ああ危険なことだ
邯鄲《かんたん》の夢を見た呂翁なら、この恐ろしい世の中を見て
田舎に帰るしかないと思うだろう

17「詩人星巌」　安政三年（一八五六年）京都　鴨沂水荘

翌年、江戸にいた時に出した、『星巌集』甲篇、乙篇、丙篇、丁篇の続きを、閏篇、戊篇としてまとめて、出版した。

甲乙《こうおつ》編成《へんせい》して　巻帙《かんちつ》全《まった》し
另《べつ》に残稿《ざんこう》を抄《しょう》して　詩存《しそん》と命《めい》ず
自《みずか》ら知《し》る　羸狗《るいく》も亦《ま》た　啗《くら》わざることを
強《し》いて千金《せんきん》の敝箒《へいしゅう》に　当《あ》てて看《み》ん

甲篇乙篇が出来て、『星巌集』は完成したが
別に残りの原稿をまとめて、『詩存』と名付けた
自分でも、こんなものは痩せ犬でも食べぬと知っているが
しいて金千枚もする、壊れた箒《ほうき》に見立ててみた

星巌は自分の詩集を、「痩せ犬でも食べぬ」など随分と謙遜しているが、この詩集によって、ま

すますその名声は高くなった。

星巌の他の詩は、その死後文久三年（一八六三年）に、門人たちが集成し、『星巌遺稿』として出版されたが、「神風行」などの幕府を批判した詩は収めることが出来ず、維新後の明治二年（一八六九年）になって、『籲天集《ゆてんしゅう》』としてようやく出された。

また、これらの詩集とは別に、星巌の陽明学についての読書ノートと、それにまつわる詩を『春雷《しゅんらい》餘響《よきょう》』としてまとめたが、こちらの出版はさらに遅れて、明治二十六年になった。

その序文には、次のように記してある。


私は自らを詩人であると命名しているので、いわゆる儒者の言う経学はわからない。訓詁学、性理学、折衷考証学と流派を分け、いずれが正でいずれが否かと論争しているが、その是非はわからない。その代わりに、詩人たる私は小さな詩を若干作り、『春雷餘響』と名付けた。


星巌が鴨沂小隠でこの『春雷餘響』を整理している時に、ちょうど春日潜庵がやってきた。

「潜庵先生、いままで先生に教えていただいた陽明学のことを、『春雷餘響』という詩集にまとめることにしました」

「それはいいことです。星巌先生にしか出来ないことでしょう」

潜庵は普段から穏やかに話をするが、この時はいつもより嬉しそうだった。

「黒船来航という国家の一大事の時、いつまでも訓詁学をやっていて、いいはずもありません。今こそ、王陽明先生の『知行合一』が必要なのです。そのために、若い人にも陽明学を読んでほしい、と思ったからです」

「陽明学こそ、今の時代に求められているのかもしれません」

「ただ、私も、幾つかわからないことが出てきました、潜庵先生。最近、吉田松陰君の言葉の中に、李卓吾《りたくご》のことがでてきます。李卓吾の考えと、前に教えていただいた劉念台《りゅうねんたい》の考えかたは、一体どこが違うのでしょうか」

「王陽明の教えは、四句教の解釈を巡って、弟子たちが二派に分かれます。四句教とは、

無善無悪《むぜんむあく》は是れ心の体
有善有悪《ゆうぜんゆうあく》は是れ意の動
知善知悪《ちぜんちあく》は是れ良知
為善去悪《いぜんきょあく》は是れ格物

というものですが、王陽明の弟子の王竜渓《おうりゅうけい》は、『無善無悪が心の本体』なら、意も知も物も、すべて無であると主張し、一方、もう一人の弟子の銭徳洪《せんとくこう》は、意も知も物も、すべて有であると主張し、人間の現実に即した修養の大切さを強調しました」

「なるほど」

「人間はだれでも、良知を持っているので、生まれつき善悪は判断出来るというのが、王竜渓の考え

方。李卓吾はその考えをさらに発展させ、劉念台は銭徳洪の考えを引き継ぎます」

「もう少し、具体的には」

「人には童心、つまり子どもの純粋な心があり、それが心の本体だから、朱子のように長年勉強しなくても、この童心を信じて、行動すればいい、というのです」

「しかし、そこまで言うと、少し極端ですね」

「李卓吾の考えは、それまで学問をしたことのなかった、民百姓に支持されましたが、結局時の政府に弾圧されて、李卓吾は獄死します」

「松陰君の言葉に、草莽崛起《そうもうくつき》、武士以外の人も勤王に立ち上がるべきだ、ということがでてくるのですが、それも李卓吾を読んでのことでしょうか」

「一方の銭徳洪の考えでは、やはり学問をして、良知に磨きをかけるべきというわけで、劉念台などはその考えを引き継ぎました。この一派は為政者の士大夫たちに支持されたため、従来の朱子学と区別出来ないじゃないか、と、李卓吾たちは攻撃したのです」

「ふむ。いずれにせよ、人欲を去りて天理を存する、しかないのですが。今の幕府のように、自分たちのことだけを考えていてはいけません」

「李卓吾は僧籍でもあったので、その点からも、陽明学は禅と違わないじゃないか、と随分言われました」

「その点も、潜庵先生にお聞きしたかったところです。私は幼き時に父を亡くして、華渓寺の太随和尚に育てられましたので、特に禅の教えは身にしみついています。禅の無の教えと、無極にして太極、というのは、どう違うのでしょうか」

「最初に『無極にして太極』といった周濂渓《しゅうれんけい》が、禅に傾倒していたということは、以前に申し上げたことがあります。『万物一体の仁』を、根本に据えるのが陽明学ですから、禅と陽明学の違いに、星巌先生がそこまでこだわらなくても、いいのではないでしょうか」

「そう言っていただけると、ありがたいです」

「林兆恩《りんちょうおん》という人がいて、儒教、仏教、道教の三教一致を唱え、三教先生とまでいわれました。林兆恩なども、お読みになってはいかがですか」

「どうも私としては、林兆恩のほうが、魅せられますね」

星巌は潜庵の勧めもあり、『明儒学案』『劉念台全集』に加えて、林兆恩も読み始めた。

谷子《こくし》は谷《たに》か　何《なん》ぞ洞豁《どうかつ》なる
卓吾《たくご》は卓《たく》に非《あら》ず　乃《すなわ》ち顢頇《まんかん》
曽《かつ》て聞《き》く　秀水《しゅうすい》　朱十《しゅじゅう》の説《せつ》
此《これ》は是《こ》れ　閩中《びんちゅう》の二異端《にいたん》

林兆恩（谷子）は狭い谷と号しているが、何と広々としていることか
李卓吾は卓才（すぐれた才能）と名付けているが、実はわからずやではないか
けれども、私は朱彝尊《しゅいそん》に聞いたことがある

この二人は閩中の異端者であると

この時期の志士には、朱子学と国学を折衷した水戸学を奉じる者が多かったが、星巌の考え方は、春日潜庵に教えられた陽明学が基本であった。

けれども一方で、東山界隈の風景も、多く詩に詠んだ。吉野行の後は、紅蘭と共に旅に出ることも少なくなり、その代わりに喝蟾《かつせん》上人が供することが多くなった。

川端丸太町通りにあった鴨沂小隠から、丸太町通りを東に一キロほど歩き、白川通りにぶつかったところを、北に折れたところにあるのが真如堂《しんにょどう》。その正式名称は、鈴声山《れいしょうざん》真正極楽寺だが、通称の真如堂のほうがわかりやすい。

比叡山延暦寺を本山とする、天台宗の寺院で、平安時代の一条天皇の御母、藤原詮子《せんし》の寝殿を寺にしたという、由緒ある古刹だが、幾多の戦乱で伽藍を失い、元禄の時代にようやく再建された。

広大な境内には、本堂の他、総門、鐘楼、三重の塔などが並び、紅葉の老木の間から見える建物は特に美しく、ここに星巌の友人であった、南画家竹洞山人《ちくとうさんじん》の墓があった。

半山《はんざん》の楼閣《ろうかく》　影《かげ》　重重《ちょうちょう》たり
紅樹《こうじゅ》　白雲《はくうん》　麗容《れいよう》多《おお》し
中《なか》に　故人《こじん》の新墓《しんぼ》　在《あ》る有《あ》り
真如堂《しんにょどう》の下《した》　悵《ちょう》として　筇《きょう》を停《とど》む

山の半ばの楼閣は　その影が重なり合い
紅い樹木と白い雲に、色映えて美しい
その中に、友人（竹洞山人）の墓がある
真如堂の下で、悵然として杖を留めて立ち尽くす

真如堂から、さらに白川通りを北に進み、大文字山の麓にあったのが、慈照寺銀閣寺。室町幕府八代将軍の、足利義政の山荘「東山殿」を、没後禅刹に改めたのが始まりだが、観音菩薩を安置する茅葺きの楼閣である「銀閣」の名を取って、銀閣寺と呼ばれることが多い。盛り砂の向月台越しに見る眺めが、特に星巌は気に入っていた。北画の祖で「大李将軍」と称された、唐の画家李《り》思訓《しくん》の絵のようだ、と星巌は称える。

一場《いちじょう》の富貴《ふうき》の夢《ゆめ》　驚回《きょうかい》す
第邸《だいてい》　雲《くも》に連《つら》なり　安《いず》くに在《あ》りや
大李将軍《だいりしょうぐん》　粉本《ふんぼん》を留《とど》めむ
夕陽《せきよう》　金碧《きんぺき》　小楼台《しょうろうたい》

足利将軍の一時の栄華の夢も、驚きさめると

その雲に連なった建物も、今はどこにあるのか
李将軍（李思訓）が、絵の手本にとどめておいた
その小さな建物は、夕陽に金や緑が照り映えている

銀閣寺からさらに白川通りを一キロほど北上し、一乗寺までいったところの山麓にあるのが詩仙堂。ここは、徳川家康に仕えた石川丈山が隠棲の地として造営したもの。正式には凹凸窠《おうとつか》というが、中国の三十六詩仙の肖像を掲げる詩仙の間にちなみ、詩仙堂と呼ばれるようになった。丈山がこの三十六詩仙を選んだのは五十九歳の時で、家康に仕えていた林羅山の意見なども参考にしたと言われているが、やはり唐の詩人が中心で、宋の詩人が少ないのに星巌は不満だった。それでも、ここは詩人星巌として、散策には欠かせない場所だった。

張僧繇《そうよう》は画龍点睛の故事で有名な南朝の画家で、中国の一乗寺の壁画を製作したことで知られている。

浮《う》き世《よ》の功名《こうみょう》　東逝《とうせい》の波《なみ》
欽《きん》す　君《きみ》が高蹋《こうとう》　山阿《さんあ》に寄《よ》るを
村名《そんめい》　旧《もと》是《こ》れ一乗寺《いちじょうじ》
正《まさ》に好《よ》し　呼《よ》んで凹凸窠《おうとつか》と為《な》すを

石川丈山が大坂の陣で功名をたてたのは、波のようにはかないもの
それよりも、山の片隅にこの詩仙堂をたてたことは、尊敬に堪えないことだ
ここの村の名は一乗寺であるから
張僧繇に倣って、凹凸窠と呼ぶのは正しいことだ

安政四年（一八五七年）、六十九歳になった星巌は、再び居を鴨川の西側の東三本木に移し、そこを鴨沂水荘《おうきすいそう》「老龍園《ろうりゆうえん》」と称した。結果的に、ここが星巌の終の棲家となった。

七《なな》たび遷《うつ》りて　仍《な》お　是《こ》れ小茅茨《しようぼうし》
白飯《はくはん》　三升《さんしよう》　酒《さけ》　一鴟《いつし》
旧物《きゆうぶつ》は　只《た》だ書架《しよか》を留《とど》めて在《あ》り
故人《こじん》は　草堂《そうどう》の貲《し》を寄《よ》せず
灘水《たんすい》　声《こえ》を変《へん》じ　来《き》たりて偏《ひとえ》に激《はげ》し
雲山《うんざん》　面《めん》を革《あらた》め　出《い》でて逾《いよい》よ奇《き》なり
也《ま》た知《し》る　天意《てんい》に多子《たし》無《な》きを
且《か》つ　新《しん》を表《あらわ》し　我《わ》が詩《し》を昌《さか》んにせんと擬《ぎ》す

七度引っ越しても、やはり住むのは茅葺《かやぶ》き小屋

白飯三升と、酒一瓶で過ごしている
古い物は書籍だけで
友人は誰も、生活費を寄せてくれない
川の流れは音を変え、ますます激しくなり
雲や山は姿を改め、奇観を見せてくれる
これを見て、また天の意はほかでもないことを知った
新奇な姿を表して、我が詩心を盛んにしようとするのだ

星巌は誰も訪ねてこない新居で、詩を作って暮らしているというが、現実には星巌の家に勤王の志士たちが集まり、一種のアジトのようになってきたので、幕府の追及をかわすために引っ越したのだった。

水東《すいとう》　小住《しょうじゅう》すること　十余年《じゅうよねん》
忽《たちま》ち水西《すいせい》に転《てん》じ　姑《しばら》く居《きょ》を賃《ちん》す
儘《まま》　枯株《こしゅ》を著《つ》け　岸《きし》の壊《こわ》るるを支《ささ》え
且《か》つ廃紙《はいし》を糊《のり》して　窓《まど》の疎《そ》なるを補《おぎな》う
閑《しず》かに看《み》る　宋代《そうだい》　防辺《ぼうへん》の策《さく》
細《こま》かに写《うつ》す　唐賢《とうけん》　乞米《きっべい》の書《しょ》

時事《じじ》紛紜《ふんうん》たるも　我《われ》に関《かん》せず
依然《いぜん》たり　鴨渚《おうちょ》の旧佃漁《きゅうでんぎょ》

鴨川の東に、小宅を構えて十余年
忽ち川西の三本木に転居して、家を借りた
先ず枯れ枝で、壊れた岸を支え
仮に反故紙で、破れ窓を補った
閑かに宋朝の、金元に対する防御策を読み
細かに顔真卿の、「乞米帖」を臨写する日々
時勢は紛々とするが、我に関係ない
依然として、鴨川の漁師たるに変わりない

この詩の中でも、枯れ枝で岸辺を支え、反故紙《ほご》で窓を塞ぐという、小市民的な生活を送り、宋時代の北方異民族への「防辺策」を読んだり、顔真卿の「乞米帖」を臨写したりという隠者の生活をして、「時事紛紜たるも我に関せず」と言う。だがそれは、あくまでも幕府への目くらましであったことは、いうまでもない。

安政四年の九月、伊勢の斎藤拙堂が上京し、海防について話しに来た。

集まったのは星巌、頼三樹三郎、池内大学、月性上人などで、場所は三樹三郎の月波楼。

黒船来航以来、世相は激しく動き、つぎは欧米列強が要求する貿易をどうするのか、ということが政治の焦点になっていた。老中阿部正弘は、和親条約を結んだ後、貿易容認へと立場を転換した。

それは、前年の安政三年に、ハリスがアメリカ総領事として下田に着任し、日本の開港の増加と、そこでの自由貿易、居留地の設置などを、強硬に主張し、従来の管理貿易案を一蹴したからだった。

そこで幕府は、鎖国を変更せざるを得ない、という認識に至った。

池内大学が、まず星巌の新居「老龍園」を誉めた。

「星巌先生、今度のお宅は、御所が近くていいですね」

「頼山陽先生の山紫水明荘《さんしすいめい》があったのも、この東三本木。梨影夫人も亡くなって、人手に渡ってしまったが、未だに山紫水明荘の前を通ると、頼山陽先生のことを思い出す。山陽先生のような、勤王の志厚き方が、今のハリスに言いなりの幕府を見たら、何と嘆かれることだろうか」

「きっと幕府の弱腰を、強く非難されることでしょう」

山陽に直接教えを受けたこともある斎藤拙堂は、即座に答えた。

「それで、宮中の様子はどうかね、大学君」

「孝明帝は、通商条約には反対、鎖国維持の攘夷論。この度、公卿たちにも意見を提出させたところ、多くは通商には否定的なようです。なかには、元寇の話を持ち出す方もあり、星巌先生の『神風行』が、宮中でも読まれているのでしょうか」

大学は星巌の顔をみて、にやりと笑った。

「ここは、ハリスにおされて、幕府が勝手に貿易に踏み切るのを、どうやって防ぐかだな」

「今の幕府の弱腰は、何とかしなければなりません。この後、何とか攘夷の勅命がでないかと、今工作をしています。その節には、藤堂藩も協力していただけますか」

大学に問われて、拙堂が答えた。

「ペリーが来てから、異人が多く我が国を訪れ、さらに今度はハリスが通商まで要求している。我が藤堂藩も、伊勢神宮の警護をまかされていますが、この先も異人が伊勢までやってきては、もう防ぎ切れず、攘夷も難しいでしょう」

「それゆえ、洋式の軍備を整えてでも、異国にあたるしかないのです。拙堂先生」

「この先、幕府もアメリカに負けて、開国を宮中に働きかけてくるだろうから、われわれも日本が清国の二の舞にならぬように、攘夷論を広めねばならないかもしれない。今の幕府に、貿易を管理させては、物価もあがり、民や百姓が苦しむだけだ」

星巌の力強い言葉に、池内大学もうなずいた。

「まあ、拙堂君も久しぶりの京だろう。まずは一献傾けようか」

星巌に促されて、一同盃を口にした。

「では、拙堂先生を歓迎して、京の流行唄を一つ」

宴席が始まると、同席していた中村水竹という人物が、当時京都でも流行っていた「墨夷《アメリカ》来たる」という唄を、拙堂先生の京土産にと言って唱い出した。

すると、それまで黙って話を聞いていた月性が、血相を変えて怒り出した。

「お前は、日本人にして、異人のものまねをするのか」

刀を振り回して暴れる月性を、三樹三郎が何とか押さえ込んで、二人を部屋の外に連れ出すと、池内大学が拙堂に謝った。

「とんだ所をお見せしてしまいました。最近、星巌先生の所に出入りするようになった中村水竹君を、今日同席させなければよかった。月性上人も、あそこまでの狂態は、普段なら見せないのに。普段から海防僧と言われるほど活躍しているので、このところの幕府の姿勢に、よほど腹をたてていたのでしょう」

「いや、月性君のことなら若い頃から知っているが、さすが『清狂』と号するだけあって、血気盛んだね」

月性は、かつて篠崎小竹の梅花塾で、斎藤拙堂の教えを受けたことがあり、今日の席にも招かれていた。

星巌も拙堂に謝った。

「今日は拙堂君の歓迎会だったのに、どうも失礼した。そうだ。紅蘭も久しぶりに拙堂君に会いたがっているので、ぜひ老龍園に来てくれたまえ」

その後、拙堂は、紅蘭に会いに星巌の家を訪れた。

拙堂は星巌の八つ年下なので、この時六十一歳。還暦を迎えたばかりであった。

「紅蘭さん、ご無沙汰しています」

「月日が過ぎるのは、本当に早いこと。私が拙堂先生のお世話で、『漁樵問答《ぎよしようもんどう》』を習ったのは、もう十年の前。さらに、初めてお目にかかって、月ヶ瀬で遊んだ時までさかのぼると、三十年も前のことになりますが、もう一度梅を見にいきたいものですね」

「今思い出しても、星巌先生や、紅蘭さんと、月ヶ瀬梅林を訪れたのは、楽しい日々でした。けれど、今の我が国で海防を相談出来る方は、星巌先生しかありません。風流は、もう少し世の中が落ち着いてからに」

「それはよくわかっております。もう私も、星巌先生と一緒に旅に出るのも、難しくなっています。そうそう、旅に出る代わりに、老龍琴という素晴らしい琴を手に入れましたので、普段は一人で琴を弾いて、つれづれを慰めています。今日は久しぶりに『漁樵問答』を聞いてくださいませんか」

紅蘭は、斎藤拙堂に、老龍琴で「漁樵問答」を披露した。

古琴《こぎん》　三尺《さんじやく》にして　高情《こうじよう》足《た》る
始《はじ》めて幽人《ゆうじん》の営《いとな》むところ　寡《すくな》きを信《しん》ず
天地《てんち》は無為《むい》にして　妙韻生《みよういんしよう》じ
聖王《せいおう》は楽《がく》ありて　則《すなわ》ち心《こころ》の声《こえ》あり
奈何《いかん》か　歌曲《かきよく》　叨《みだり》に珍秘《ちんぴ》す
未《いま》だ必《かなら》ずしも　言伝《げんでん》　尽《ことごと》く大成《たいせい》せず
請《こ》う　看《み》よ　攣如《れんじよ》として相和《あいわ》する意《い》を

秋風《しゅんぷう》千里《せんり》にして　陰《かげ》に在《あ》りて鳴《な》る

私は三尺の琴を弾いていれば、高情を寄せることが出来る
この琴で隠者でも、いろんなことをしていると知った
天地は無為自然であって、そこから妙なる調べが生じ
舜のような聖王は、「南風」の詩を作って、心の声を表した
琴の楽曲を珍重したり、秘曲にしたりするのをどうすればよいか
言葉で伝えるのは、琴曲を大成したことにならない
相和して、絶えること無く響く、琴の音色を聞いてほしい
千里をわたる秋風が、樹陰にあって鳴っている

中国の伝説の聖王舜は、五弦琴で「南風」の詩を作り、自らの治世を歌った。琴は聖人君子の嗜むもの。紅蘭は老龍琴の響きで、憂国の気持ちを述べようとした。

星巌と紅蘭は、詩や音楽に遊ぶ、隠者としての静かな生活を望んだ。しかし、時局は二人に風雅な生活をすることを許さず、さらに抜き差しならぬ状況に、捲きこまれていくことになった。

18 「敢えて鼓せず」　安政五年（一八五八年）春　京都　鴨沂水荘

安政四年十月二十一日、ハリスは江戸城に登り、将軍家定に謁見して国書を提出。翌二十二日、老中堀田正睦《まさよし》と会見。

ハリスの主張は、イギリスの起こしたアヘン戦争を例に引き、イギリスが日本に通商、開国を迫る前に、日本と親密な友好関係を結んだアメリカと条約を結んだほうが得策である、と。

幕府は、下田奉行の井上清直《いのうえきよなお》と、目付の岩瀬忠震《いわせただなり》を全権委員とし、十二月十一日からハリスと交渉を始め、年が明けた安政五年（一八五八年）一月十二日、条約案を合意した。

その内容は、長崎、箱館、横浜、神戸、新潟の五港を開設し、居留地を設置、貿易は自由貿易とする、というもので、治外法権、関税自主権、最恵国待遇条項などは、日本側の認識不足からほとんど議論されず、不平等条約として明治の課題となった。

全権委員の井上と岩瀬は、連名で上申書を老中に提出し、時間がかかるのを厭わずに衆議を尽くし、まず武家の総意として開国を国是とし、それから、朝廷と天皇に勅許を求めて調印することを提案した。

ペリーが来航した時と違って、この頃には有力大名の多くが開国論者となり、幕府の首脳部でさえ、積極的とはいえないまでも、開国を容認する意見となっていた。

それで、老中堀田正睦は、勅許も難しくないと考え、この提言を受け入れ、帝に勅許を要請するため、二月九日に上京し、参内することになった。

松代で謹慎中の佐久間象山から、星巌に長い手紙が届いたのは、ちょうどこの開国をめぐって、日米の交渉が行なわれている最中であった。手紙は、門人の馬場常之助が極秘に持参したもので、早速、星巌は池内大学を呼び、手紙を開いた。

私が思うに、アメリカ人の申し分には脅しや嘘が多く、矛盾がたくさんありますので、その言葉遣いや対応を見抜き、間違いを詰問し、筋が通らない部分は断固として説き伏せなければ、日本の国体は維持出来ないでしょう。

象山がアメリカの言い分として非難するのは、五年前のペリー来航時も、平和裏ではなく、軍艦兵器を用いてのことであったこと、イギリスの領土争いにアメリカが口をつぐんでいること、さらには、イギリスが日本にもシナ同様にアヘンを売りたがっていることなどであった。

そして、象山は、日米修好通商条約をめぐる、朝廷と幕府の意見不一致に、危機感をつのらせ、堀田正睦の代わりに、世界情勢がわかっている自分が交渉にあたりたい、とまで告げている。

「大学君、この象山君の提案をどう考える」

「この二月にも堀田老中が参内して、条約の勅許を求めることになりましょうが、前の関白の鷹司《たかつかさ》政通《まさみち》公や、今の関白九条尚忠《ひさただ》公は、異人と戦って負けるぐらいなら、長崎に限定して開国したほうが、貿易でも利益となり、得策というお考えと聞きます。但し、孝明帝はあくまでも通商条約反対、鎖国維持のお立場」

「誰かに、この象山君の手紙を届けられないか。象山君の意見は、詰まるところ、帝の号令下に条約を勅許し、公武の融和を行ない、帝を中心に日本をまとめよう、というものだ」

「確かに、禁中並びに公家諸法度で、政治にかかわるべきではない、としてきた帝に、今回勅許を求める堀田老中の提案は、画期的なもの。そうなれば、帝をとおして我々の考えも実現出来ます。そうですねえ、この手紙をとりあげてくださるとすれば、青蓮院宮様《しょうれんいんのみやさま》が適当かと」

「それでは、よろしく頼む。今回の幕府の姿勢は、いかにも弱腰だ。ほとんどアメリカの言いなりじゃないか。今まで散々に海防の必要性を訴えてきたのに、何の対応もせずに、いざ異人に詰め寄られると、対等に交渉出来ず、相手の言うことに従ってしまう。象山君のような外国事情に詳しい人間が、外交にあたらなければ」

「このままでは、朝廷も、幕府の言うがままになってしまうことでしょう」

二月二十四日、星巌は、佐久間象山に次のような返書を送った。

鴻信《こうしん》飛来《ひらい》、忙手拝読《ぼうしゅはいどく》し、まずもって健やかなのを祝賀申し上げます。久しく挨拶していないことを、紅蘭ともどもお噂申し上げていました。謹慎中、時世に激怒なさること、お察し申し上げます。私も読書にふけるばかりです。

ここに池内大学なるものがおり、この者は知恩院の宮の身内で、私の江戸在府中にも時々まいりましたので、きっと顔をごぞんじでしょう。この者は京都で塾を開き、公卿に教え、勤王の志厚く、九条尚忠殿下、鷹司政通太閤、三条実万、中山忠能に出入りし、青蓮院の宮へは月に六回講義に参上しています。この度はこの者が力を尽くして斡旋し、私も安堵しました。他の御三方も朝議を決して賛同なされたとのことです。頓首。

実際、前の鷹司《たかつかさ》関白や、今の九条関白は、帝が条約調印に反対していると知りながら、帝の意志をくみ取らずに、条約の調印を容認する意見を、二月二十三日に提示した。この時、鷹司政通は六十八歳で、孝明天皇は二十六歳。帝はいつも、多弁な政通に圧倒されて、自分の意見がとおらないと、不満を明らかにしていた。

そこで、異例のことだが、帝は、朝議のメンバーに入っていない上層の公家にも、意見を求めたところ、中山忠能《ただやす》、三条実愛《さねなる》ら十三名の公家が、九条関白の案文を書き改めるように意見し、さらに、三月十二日には、中・下級の公家八十八人が、列参と言われるデモンストレーションを行なって、条約に反対した。その時の中心が、岩倉具視《ともみ》。

三月二十日。天皇は老中堀田正睦と対面し、今度は左大臣近衛忠熙《ただひろ》が、鎖国の変革について、再度、御三家、諸大名で衆議し、もう一度言上するように、という天皇の言葉を伝えた。天皇の勅許を取り、挙国一致で条約を調印する、という老中の目論見は失敗したのである。この一連の動きに、梁川星巌や、池内大学も、朝廷工作をして関わっていた。

江戸に戻った老中堀田正睦は、ハリスに交渉し、調印の期日を七月二十七日とすることにした。

星巌のこの時期の心境を、「漫吟六十首」という五言絶句で吐露している。

戦《たたか》いを畏《おそ》れて　彼《かれ》を容《ゆる》さば
彼《かれ》は主《あるじ》にして　我《われ》は則《すなわ》ち奴《ど》たり
士気《しき》　振《ふる》わざること久《ひさ》し
一戦《いっせん》も亦《ま》た　可《か》なるか

戦いを畏れて、ハリスの言葉を容認すれば
彼は主人となり、我は奴隷となるわけだ
我が国の士気は、長く振るわなかった
一戦交えても、よいのではないか

所謂《いわゆる》　儒者《じゅしゃ》の儒《じゅ》は
竟《つい》に　佳名《かめい》に非《あら》ざるなり
儒者《じゅしゃ》　之《これ》を明《あき》らかにせず

自《みずか》ら称《しょう》して　儒者《じゅしゃ》と曰《い》う

儒者の「儒」とは、臆病者のことで
畢竟《ひっきょう》、良い名ではない
ところが儒者は、これを明言せずに
自分のことを、儒者と称している

憂国の人に大切なのは、「人欲を去りて天理を存す」という、賤しい私利私欲に走らない心である。星巌は、自分の欲望はすべて棄てて、国事のために捧げようという、強い決意を示した。同時に、儒者であっても「憶病に」書物にかじりつくだけではなく、志をたてて行動に移すべきだと、星巌は説いた。こうした危機の時代に役立つのは、知識偏重の朱子学ではなく、行動を重視し「知行合一」を唱える陽明学であり、星巌にはそれを学んだのだという自負があった。

三月に入り、再び佐久間象山からの返事があった。そこでは、朝廷の権利の回復、公武合体、宮城の警備、外交問題などさまざまな意見を開陳し、象山は星巌をつうじて自分の意見を朝廷に具申し、さらには朝廷に御親兵をおくことも提示した。

帝が兵力にたずさわらなくなって久しく、かつて帝が御親兵を持っていた過去を知る者には残念です。現在、外国の侵略軍が、いつ我が国を犯すかわからない情勢では、天皇自らが皇居を守る御親兵がなくては、攘夷もかなわないでしょう。

象山の意見は、外国との条約には勅許が必要だとし、政治に再び天皇が関わることを求めるともに、幕府ではなく天皇が兵を持つべきだという、まさに幕府にとっては危険な思想だった。

象山は自らの気概を示すため、手紙の最後には、次の詩を添えた。

琴《きん》あれども　敢《あ》えて鼓《こ》せず
酒《さけ》あれども　敢《あ》えて呑《の》まず
山河《さんが》は　又《ま》た　歳《とし》を改《あらた》め
草樹《くさき》は　ようやく滋蕃《じはん》す
幽居《ゆうきょ》に　節物《せつぶつ》は遅《おそ》く
春華《しゅんか》は　未《いま》だ喧《けん》を回《めぐら》さず

琴はあっても、あえて弾かない
酒はあっても、あえて呑まない
山河は、新しい年を迎えて
草木も、ようやく茂ってきた
しかし、松代の寓居に、四季のめぐりは遅く

まだ春の喧噪《けんそう》は、巡ってこない

感激《かんげき》して　罪譴《ざいけん》に甘《あま》んじ
欲求《よっきゅう》して　天閽《てんこん》に通《つう》ず
我《われ》　もと一丈夫《いちじょうふ》
奚《いず》くんぞ　その元《もと》を喪《うしな》うを忘《わす》れん
聖明《せいめい》　苟《いやしく》も　裨《たすけ》あらば
九死《きゅうし》も　難《かた》んずる所《ところ》に非《あら》ず

時世に激して、あえて罪を受け
帝に申し上げることを欲する
我はもともと、一人前の武士
どうして、その精神を忘れようか
帝がもしも、助けてくださるならば
九死も恐れることではあるまい

星巌は、佐久間象山から手紙が届いたことを、紅蘭に話した。

「象山君も松代で元気にしているようだ」

「そうですか。吉田松陰先生の事件に連座されて、気落ちしていらっしゃるのではないかと、心配しておりましたが」

「象山君がそんな人物ではないことは、紅蘭がよく知っているのではないか」

星巌はにっこりと笑った。

「ご自身は松代から出られなくても、国の行く末を憂えていらっしゃるのでしょうね」

「あの大酒飲みの象山君が、通商条約を破棄するまでは、酒も飲まず、琴も弾かないと詩に詠んできた。彼もいよいよ本気だな。紅蘭は、象山君と琴を楽しみたがっているが、その前に、彼の意見を何とか帝にお伝えする策を考えねば」

19「孤負」　安政五年（一八五八年）夏　京都　鴨沂水荘

星巌は、門人小野湖山の紹介で、まず水戸藩の勝野台山《たいざん》に近づき、さらには水戸藩家老の安島帯刀《たてわき》が、近くの三本木の旅館に滞在していたので、連絡をとった。安島は藤田東湖亡き後、水戸藩のまとめ役になっていた。

ここで、星巌たちが取り組んでいたことは、詔勅《しょうちょく》を水戸へ下して、硬直した状況を変えようとする秘策であった。

この当時の幕府は、通商条約の他に、将軍の後継者問題を抱えていた。十三代将軍家定《いえさだ》は、病弱で男の子がいなかったため、その跡継ぎをめぐって、大名と幕臣を巻き込んだ、深刻な対立が起こっていた。

水戸藩の斉昭の子である一橋慶喜《ひとつばしよしのぶ》を推したのは、幕政への参加をめざす有力な外様大名と、通商条約を推進する幕臣で、実父の徳川斉昭《なりあき》をはじめ、越前藩主松平慶永《よしなが》、薩摩藩主島津斉彬《なりあきら》、土佐藩主山内豊信《とよしげ》、宇和島藩主伊達宗城《だてむねなり》などであった。

一方、紀州徳川家の慶福《よしとみ》(後の十四代将軍家茂《いえもち》)を推したのは、現状の幕政を維持しようとする人々で、両派は激しく争った。しかし、十三代将軍家定は、慶福支持の意向を示し、幕府閣老の評議を経て、四月末には、次期将軍は紀州慶福に内定した。

そして、四月二十三日、将軍後継者問題と条約調印問題という、二つの難問を解決するためのエースとして、彦根藩主井伊直弼《いいなおすけ》が、大老に就任した。

四月二十五日に、頼三樹三郎が星巌に送った手紙では、この時の緊迫した状況が明かされている。

先日はひさびさに詩酒の宴にお招きいただき、元気がでました。そこで、かねて打ち合わせの一件を、早々に実行いたしましたが、何分、公家のかたがたは先例にとらわれがちで、なかなかちが明きません。ただ近衛公だけは私の意見をお聞きくださるので、かねて星巌先生にご教示いただいた計略を、この公には打ち明け申すべきと思い、病をおして、夜更けまで密談に及びました。

「近衛公。さらに通商条約に反対することを、幕府に働きかけるには、水戸斉昭侯に帝の詔勅をくだされて、斉昭侯から将軍に意見していただくのが、近道かと」

「しかし、水戸と云い、幕府と云い、名は違っても、もとは同じ徳川一族。水戸に良いことは幕府にも良く、幕府の悪しきことは、水戸にも悪しきこと、というのが自然の摂理。今後いかなる状況になっても、水戸が幕府に弓引き、幕府が水戸に弓引くことはあるまい」

「けれども、近衛公。表面的にはその通りでございますが、一旦詔勅を水戸にくだされれば、幕府が勅命にそむいた時には、水戸は兵を幕府に向けざるをえません。今、幕府の勢いが衰えたとはいえ、三百年来の旧家、恩顧を受けた譜代大名もいますので、御親兵がありましても、幕府に勝つのは容易ではなく、水戸藩に頼るしかありません」

三樹三郎は、近衛公との密談の様子を手紙で知らせ、近々、詔勅も水戸にくだされるだろうという見通しを伝えた。

さらに梅田雲浜は、九州まで遊説にでかけ、山口の吉田松陰に会って、星巌たちの動きを伝えた。それをうけて、五月になると、今度は松陰からも、星巌に書状が届いた。

松陰は「松下村塾」で、後に活躍する多くの塾生を教えていたが、その言動は過激さを増し、自らまとめた「対策」、及び「愚論」を宮中に出してほしい、という依頼してきた。

唐突ではございますが、憂いやむことなく、一書送ります。勅答の写し、その外から、幕府より寡君様（毛利敬親《もうりたかちか》侯）へもご下問があることと考え、長州藩でも評議いたしまして、勅旨を奉らざるをえないと決まりました。

尊王攘夷派の公家や志士たちは、攘夷に賛同する諸藩を増やそうとし、そこで目をつけたのが、長州藩と、薩摩藩であった。長州藩は安政四年から五年にかけて、藩政改革を行ない、改革派が実権を握った。そこで長州藩も、朝廷に従って条約に反対することになり、周布政之助《すふまさのすけ》が江戸に向かった。

この後、幕府がどうするか、誠に推測しにくいことですが、私の考えは「対策」並びに「愚案」のとおりでございます。ご一読、ご考察のうえ、ひそかに叡慮にいれんと、ご配慮願います。

追伸　僧月性、五月二日から脚気にかかり、十日になくなりました。このうえない義人を失い、長州藩の衰退につながることですが、この段もお知らせします。

佐久間象山や、吉田松陰の考えは、王政復古をして朝廷の権威を高め、朝廷自らが御親兵を持ったうえで、挙国一致で異国にあたるべきだ、というものであった。そのため、和親条約までは認めるものの、特に幕府中心の通商条約には反対した。

星巖たちの宮中工作は、やがて井伊大老の家臣長野主膳《ながのしゅぜん》の知るところとなり、梁川星巖、頼三樹三郎、池内大学、梅田雲浜の四人は「悪謀の四天王」と呼ばれることになる。

そして、開国派の井伊大老が、鎖国主義者の志士を粛正したのが、「安政の大獄」だとよく誤解されるが、少なくとも佐久間象山や吉田松陰は、西洋文明を知る知識人で、固陋《ころう》な鎖国主義者ではなく、それは星巌も同様である。攘夷をするには、まず敵を知るのが大切で、いわば開国攘夷派ともいうべきであった。ただし、大獄以後、幕府方と京都側の対立が激しくなる中で、尊王攘夷を標榜する者は頑なに鎖国にこだわるようになり、それが佐久間象山の悲劇につながった。

社会が変わる時には、まず新しい価値の創出者が現れ、次いで実行家・革命家が現れ、最後に実務者が現れるという。戦国時代でいうならば、織田信長が近世の新しい価値観をつくり、豊臣秀吉がそれを実行し、徳川家康が実務者となるだろう。

それを幕末でいうなら、吉田松陰の創出した価値観を、高杉晋作らが革命家となって実行し、そして大村益次郎や山県有朋ら実務家となって明治政府を作っていった。そして、梁川星巌は、さながらその前に現れた予言者のようなもので、それを「悪謀の四天王」と呼ぶのは的外れであろう。

なお、松陰からの手紙で、星巌は月性上人の急死を知り、大きな痛手を受け悲しんだ。月性の死は突然であったため、暗殺の噂もあったという。

花落《はなお》ち　水流《みずなが》れ　駒景《くけい》馳《は》す
縦令《たとい》　百歳《ひゃくさい》なるも　多児《たじ》　没《な》し

只《た》だ嗟《さ》す　世《よ》を謝《しゃ》し去《さ》ること　差《や》や早《はや》く
海氛《かいふん》　殲滅《せんめつ》の時《とき》を見《み》ざるを

花は落ち、水は流れて、馬が駆けるように時は流れる
たとえ、百歳まで長生きしても多くはない
ただ残念なのは、君が世を去るのが早すぎて
攘夷をして、悪しき夷人を滅ぼすのを、見られないことだろう

この年の六月十日、梁川星巌は七十歳になった。

それで、かつての門人たちは相談をして、古希の祝いを計画したが、星巌は条約締結を巡って、国事が紛糾している時に、宴を開くわけにはいかないと辞退した。

しかし、星巌は古希を迎えて、自分の人生を振り返らずにはいられなかった。その時、星巌が手本としたのが、かつて春日潜庵に教えられた、董蘿石《とうらせき》という詩人の生き方であった。

董蘿石は、六十八歳の時に会稽で王陽明の講義を聴き、十四歳年下の王陽明に入門しようとした。しかし、王陽明は、弟子の歳が師よりも過ぎていることがあろうか、と弟子入りを固く断った。また、董蘿石の詩の仲間たちも、もう已《すで》に歳をとったのに、何を今更苦しむことがあろうか、と陽明の門下となるのに反対した。

けれども、私は私の好むところに随うだけなので、これからは「従吾道人」と号そう、と言って、

その意志を貫き、七十七歳で亡くなるまで、王陽明のもとで勉強した。

この話は、六十二歳の星巌が、二十二歳年下の春日潜庵と知り合って、陽明学を学んだことに似ている。

江戸を去る時、紅蘭からは、もう隠居を考えてもいい歳なのに、いまさら上京することもないではないか、と反対された。けれども、それを押し切って、敢えて京都に来て、多くの若者たちと知り合い、命を削るような生活に飛び込むことで、また多くの詩を嗜むことが出来た。

星巌は、かつて頼山陽から、「詩を嗜《たしな》むこと命のごとし」と評されたが、まさに星巌にとっての、一つひとつの詩は、星巌の命そのものであったのだ。

嘲風弄月《ちょうふうろうげつ》の　期《き》に孤負《こふ》して
杏壇《きょうだん》の春雨《しゅんう》　残涯《ざんがい》を寄《よ》す
菫蘿石《とうらせき》　老《お》いて吾《われ》の好《この》むに従《したが》う
一例《いちれい》　詩人《しじん》　道《みち》を聞《き》くこと遅《おそ》し

風月をもてあそぶ、詩人の世界にそむき
聖人の教えを請う教室で、春雨に残りの生涯を託す
菫蘿石は、老いてから王陽明に教えを請うた
一様に詩人は、自分の道を悟るのが遅いものだ

風月《ふうげつ》に留蓮《りゅうれん》して　詩人《しじん》となる
世上《せじょう》　皆知《みなし》る　句《く》を得《う》ること新《あら》たなるを
誰《たれ》か念《おも》わんや　文章《ぶんしょう》は皮相《ひそう》のみ
居然《いぜん》たる道学《どうがく》の老頭巾《ろうずきん》

私は、花鳥風月に連なって、詩人となり
世間の人も、新しい句を作ると評判にした
しかし、実は私の文章の外見を見ただけで
本当はコチコチの道学先生であると、誰が知ろうか

十四年前、江戸で詩人として、このうえない名声を得ていた。それなのに、花鳥風月を弄する生活を棄てて、何かに取り憑かれるように、尊王攘夷運動をしてきた。その自分の生き方は、本当に正しかったのかどうか。

江戸を去った時点で、すでに頼山陽や柏木如亭など、先輩、友人の詩人たちが鬼籍に入った年齢だったのに、紅蘭も引き連れて、危険な政治活動に入ってしまった。本当にその行ないは、正しかったのかどうか。

星巌は詩人の世界にそむいて、政治の世界に入ったことに悔いは無い。それでも唯一気にしたのは、

紅蘭を生涯自分の旅に従わせてしまったことであった。

「紅蘭。お前はあの時、みんなに反対されながら、私の西征千里の旅の旅についてきた。本当にそれでよかったのか」

「すみ様、何をいまさらおっしゃるのですか。私に、ずっとセリを蒔いて、すみ様のお帰りを待っていろ、とおっしゃるのですか。私はすみ様のお近くにいられて、十分に幸せでしたよ」

「そうか」

江戸を去ること十三年。星巌は、詩人の世界に背いて、勤王の志士として活動したことは、決して間違っていなかった、と自分自身を納得させた。

20「尊王詩人」　安政五年（一八五八年）秋　京都　鴨沂水荘

井伊直弼が大老に就任してから、幕府の姿勢は急展開した。井伊大老も、最初は勅許なしで調印することを、避けようとしていたが、第二次アロー号事件で敗北した清が、天津条約を結んだことを受けて、六月十八日にハリスは、イギリスが日本に来る前に、アメリカとの通商条約を結ぶよう迫り、翌十九日に、勅許を得ずに日米修好通商条約を調印した。

これに対して、六月二十三日には田安頼慶《よりよし》と、一橋慶喜《よしのぶ》が、二十四日には水戸斉昭《なりあき》・慶篤《よしあつ》、尾張慶《よし》恕《たみ》、越前慶永《よしなが》（春嶽《しゅんがく》）らが登城して、井伊ら幕閣を詰問した。

井伊直弼はそれら一橋派の諸侯に言い寄られると、その場はうまく言い逃れた後、六月二十五日には、将軍の継嗣は紀州慶福《よしとみ》と正式に発表。さらに七月五日には、水戸斉昭を蟄居、尾張慶恕と越前慶永を隠居謹慎、一橋慶喜を登城停止にした。この時、井伊直弼は、一橋派の策謀はすべて水戸斉昭によるものと誤解し、斉昭への処罰を重くしたようである。

一橋派の有力大名であった島津斉彬は鹿児島に戻っていたが、この事態を憂慮し、腹心の部下の西郷隆盛を京都に送った。西郷は春日潜庵、僧月照などに会い、情報を集めたが、七月十四日には梁川星巌にも会いに来た。その場には、頼三樹三郎も同席した。

鴨沂水荘に大柄な西郷がやってくると、鴨川から吹く涼風も遮られ、狭い部屋の中がさらに暑苦しく感じられた。

「西郷吉之助です。高名な梁川星巌先生にお会い出来て、嬉しく存じます。おいどんも漢詩を多少詠みますので」

「ほう。それはいいですね」

紅蘭が西郷にお茶を出した。

「どうぞ」

紅蘭の運んできたお茶を一口飲むと、星巌がまず話を切り出した。

「西郷君、江戸からの情報ですが、井伊大老は、帝を彦根に移そうとしているようです」

「それは一大事」

西郷の大きな声が響く。宮中の情勢に詳しい頼三樹三郎が話を続けた。

「帝はそれをお認めにならず、西国に遷幸すべきか、吉野にお移りになるか、今御評議の最中です。なんとか帝が彦根にお移りになることだけは、阻止したいのですが、島津公もご協力願えないでしょうか」

話を静かに聞いていた西郷は、しばらく考え込んだ後、顔面真っ赤にして答えた。

「それでは、帝をお守りくださるよう、早速殿にお話しいたします。返事が来るまで、おいどんも京に留まり、応分の力を尽くしましょう」

「今回の西郷君の上京には、おおいに力づけられました。また鴨沂水荘にも来てください。頼三樹三郎君も、最初は玉池吟社に詩を見せに来てくれたのが、知り合うきっかけになりました。西郷君の漢詩も、是非拝見したいものです」

伏見の薩摩藩邸に戻ると、西郷は島津斉彬に手紙を出した。その中で、歌を詠んでいる。

東風《こち》吹かば　花や散るらん　橘の　香をば袂に　つつみしものを

ところが、七月二十四日に島津斉彬は急逝してしまう。そのことは、西郷のみならず、星巌や三樹三郎も、おおいに落胆させられた。

一方で、水戸藩に攘夷を命ずる所謂「戊午《ぼご》の密勅」は、星巌たちや、水戸藩の京留守居役の鵜飼吉《きち》左衛門《ざえもん》らの尽力により、八月七日に鵜飼に渡され、十六日には江戸の水戸藩邸に届けられた。

先般、アメリカとの通商条約を、余儀無き次第にて神奈川で調印し、使節に渡したことを、間部下総守が上京し、言上に及ぶとのことであるが、先だって三月の勅答で、諸大名衆議し検討するようにつたえたのにそれもなく、この皇国の一大事を調印の後で帝に申し上げ、さらには大樹公（一橋慶喜）の叡慮も伺っていない。今回のことはすべて勅書にそむいた軽率な取り計らいで、どのような心得かと大樹公もご不審に思し召されている。このような次第で、今回の条約はしばらくさしおき、今後国内の治安もどうなることかと、深く悩むところである。

この密勅では、一橋慶喜や水戸斉昭らを処分した、井伊大老を非難し、御三家、御三卿が一致して、国難にあたるようにと命じている。ここに至り、いよいよ井伊大老側と、星巌たち攘夷派の志士たちとの、対立は極まった。

日米通商条約が結ばれた直後の六月二十六日、幕府は老中の間部《まなべ》詮勝《あきかつ》に上京を命じ、朝廷を説得させることにしたが、七月六日に将軍家定が病死したため、一端中止になった。

しかし、当時の朝廷は佐幕派の九条関白と、星巌が支援する近衛《このえ》忠煕《ただひろ》や、三条実愛《さんじようさねなる》との対立が激しく、混迷する政治状況を打開するため、結局、将軍の喪中にも拘わらず、老中間部詮勝が上京することになった。

それを知って、幕府に対する抗議として、かねてから詩をとおして面識のあった梁川星巌が、その主張を二十五の絶句にして、間部詮勝に手渡すことになった。尊王の詩人、梁川星巌の誕生である。
幕末のこの時期は、かつてないほど漢詩が力を持ち、コミュニケーションのツールとして使われた。そして、そのような時に、当時の日本で最高の詩人が、自らの「言葉の力」を信じて詩を賦し、時の権力者に訴えようとした。この星巌の詩の格調は高く、この詩を読んだ当時の志士たちも、一層士気が鼓舞された。

江門《こうもん》を出《い》でしより　十四秋《じゅうよんしゅう》
更《さら》に片夢《へんむ》　荒陬《こうすう》に到《いた》る無《な》し
今朝《こんちょう》　北斗《ほくと》の城辺《じょうへん》より望《のぞ》めば
祲気《しんき》　冥冥《めいめい》たり　五大洲《ごたいしゅう》

江戸を出てから、十四年が過ぎましたが
国を憂えるばかりで、夢すら片田舎で見ません
今朝、北斗星近き皇居から、遙かに眺めると
諸国の妖気が、薄暗く我が国を覆っていました

仏蘭《ふらんす》　英吉《いぎりす》　鯨波《げいは》を沸《わ》かす
豈《あ》に止《た》だ　我羅《ろしあ》　米理哥《あめりか》のみならんや

八面《はちめん》に紛争《ふんそう》し　皆勁敵《みなけいてき》なり
中流《ちゆうりゆう》の砥柱《しちゆう》　吾《われ》を如何《いかん》せん

フランス、イギリスが、波を起こして迫っているのに
どうして、ロシア、アメリカだけだ、と言えましょう
四方八面皆敵ばかりで、紛然と飛びついてくるのに
流れの中の柱たる私は、どうするべきでしょうか

ロシア、アメリカのみならず、イギリス、フランスなどの西欧列強が、我が国に迫っている状況を訴え、中流の砥柱（黄河の激流の中にある石）として、どうすべきなのかと問いかける。

老父《ろうふ》　地《ち》に伏《ふ》し　涙《なみだ》　漣洏《れんじ》たり
国体《こくたい》　持《じ》せずんば　何《なん》の面皮《めんぴ》ぞ
復《ま》た　錚錚《そうそう》たる　一鉄漢《いちてつかん》　無《な》し
坐《ざ》して　蠢蠢《しゆんしゆん》をして　台司《だいし》に逼《せま》らしむ

老父たる私は、憤激の余り地に伏して涙しました
国体が維持出来なければ、何の面目がたちましょう

幕臣に鉄中錚錚たる勇者は、一人もいないのでしょうか
いながらハリスを、老中に会わせてしまったのでしょうか

ハリスの強硬な通商条約を求める態度に、身を挺して国体を守ろうとする者が、幕府にいなかったと非難し、王政復古をして、天皇中心の政治体制をつくるべきだ、という象山や、松陰の提案した政策を示している。。

承久《じようきゆう》　元弘《げんこう》の例《れい》を　援《ひ》く莫《な》かれ
事体《じたい》　方今《ほうこん》　逈《はる》かに同《おな》じからず
皇上《こうじよう》　只《た》だ　海怪《かいかい》を　殲《つく》さんと要《よう》す
未《いま》だ曾《かつ》て一刻《いっこく》も　関東《かんとう》を外《そと》にせず

承久の変や、元弘の変の例を、引くのではありません
今日の事態は、当時と全く同じではないのだから
帝は、海上の怪物を、退治なさろうとされるだけです
まだ一度も、帝は逢坂関の東に、行幸されたこともないのに

後鳥羽天皇が幕府に背いた承久の変や、後醍醐天皇による元弘の変のように、倒幕をしようという

のではない。この時の星巖たちの頭にあったのは、公武合体して、挙国一致したうえで、外交にあたるべきだということだった。それが、井伊大老が勤王の志士たちを弾圧したので、尊王攘夷運動が討幕運動にむすびついてしまう。

ただし、井伊大老が帝を彦根に連れ出そうとしているのではないか、と当時噂されていたことには強く反対している。

当年《とうねん》の乃祖《だいそ》　気《き》　憑陵《ひょうりょう》
風雲《ふううん》を叱咤《しった》し　地《ち》を巻《ま》きて興《おこ》る
今日《こんにち》　外釁《がいきん》を除《のぞ》く能《あた》わずんば
征夷《せいい》の二字《にじ》は　是《こ》れ虚称《きょしょう》

かつて徳川の祖、家康公は、すこぶる意気盛んで
風雲に乗じ、地を巻く勢いで、征夷大将軍になりました
それが今日、外夷を除くことが出来ないのなら
征夷の二字は、実のない虚称ではありませんか

星巖は朝廷を弁護し、幕府の怯懦《きょうだ》を非難するばかりではなく、今攘夷が出来なければ、夷人を征服するために作られた「征夷大将軍」は虚称ではないか、とまで幕府を罵倒している。

臣《しん》と為《な》りて　豈《あ》に私議《しぎ》を建《た》つるを得《え》んや
通信《つうしん》　通商《つうしょう》　是《こ》れ禍胎《かたい》なり
若《も》し空権《くうけん》を弄《ろう》して　大本《おおもと》を忘《わす》るれば
内憂外患《ないゆうがいかん》　一時《いちじ》に来《き》たらん

幕府は帝の臣下なのに、どうして私的に条約を結べましょうか
外国との通信、通商は、災いのもとです
条約を結ぶ権利もないのに、政治の根幹を忘れるならば
国民の反対を受けて、内憂外患が一時に起こりましょう

そして、井伊大老が、勅許もなく独断で通商条約を結んだことを激しく抗議し、この先内憂外患が起きて、危機が来るだろう、と条約の破棄を強く迫る。

尊王詩人星巌は、「普天率土《ふてんそっと》　仰《あお》いで相望《あいのぞ》む」、日本の国民ならば帝を仰ぎ見るのは当然で、帝の心を塞ぐならば、自ずと幕府も滅亡してしまうだろう、と強く警告して、この詩を終えている。

普天率土《ふてんそっと》　仰《あお》いで相望《あいのぞ》む
葵藿《きかく》の心《こころ》　皆太陽《みなたいよう》に向《む》かう

諸老《しよろう》 何《なん》の心《こころ》ぞ 朝命《ちようめい》を梗《ふさ》ぐ
知《し》らず 梗《ふせ》ぎ得《え》て 自家《じか》の亡《ほろ》ぶを

国民はすべて、帝を仰ぎ見る
あたかも向日葵が、太陽に向かうように
幕府の諸老は、何の心で朝命を塞ぐのでしょうか
それは自ら亡ぶことになるのを、知らないのでしょうか

21 「安政の大獄」　安政五年（一八五八年）冬　京都　六角獄

この年、長崎に「とんころりん」という病気が流行した。奇しくも星巌と紅蘭が、「西征千里」の旅をした文政五年にも、このコレラが流行し、「三日ころり」と恐れられた。安政五年はそれ以来の大流行となった。八月半ば頃から、大坂で「三日ころり」がはやり、月末には数百人の葬礼があった。京の家々では、門に南天の葉を敷いて、小糠を二、三合盛り、それが焼き切れるまで梅香をたいた。「三日ころり」が来ぬよう、というまじないであった。

この「三日ころり」は江戸まで達し、江戸市中全体の死者は、一万二千人を超したという。将軍家定の死が八月八日に発表され、鳴り物停止《ちょうじ》が触れ出されたが、もともと人々は「三日ころり」を恐れて、外出しなかった。小説家山東京伝《さんとうきょうでん》、浮世絵師安藤広重《あんどうひろしげ》、浄瑠璃語り三世清元延寿太夫《きよもとえんじゅたゆう》、三味線弾き杵屋六左衛門《きねやろくざえもん》、などの有名人が死んだのも、この時である。

星巌がこの「三日ころり」にかかったのは、八月末のことであった。間部老中に渡す詩を書き上げ、夏の京の名物鱧《はも》を食べたところ、数日間下痢に悩まされ、まもなくこの「三日ころり」に冒された。

「すみ様、やはり先日の鱧があたったのでは」

「紅蘭、何をいうか。あんなにうまいものを食べて、コロリと逝くはずがないじゃないか。はっ、はっ、はっ」

「そんな、冗談ばかりおっしゃらずに、お医者様に罹ってはいかがですか」

「私ももはや、七十を迎えた。人生七十古来稀なり。このうえ長寿は望むべくもなかろう」

九月一日に長州藩の久坂玄瑞《くさかげんずい》が訪れた時に、星巌は既に病のため力なく、病床でしか会えなかった。その席で、間部老中に詩を渡せないのを、星巌は嘆いた。

九月二日、病気はさらに重くなり、頼三樹三郎や、弟子で医師でもあった江馬天江らもかけつけ、湯薬を勧めたが、京の良医を迎えることを拒んだ。

そして、翌九月三日。

「すみ様。お気を強くなされて」

「もう私も長くはなかろう。紅蘭、ようやく私たちの旅も終わりが近づいたようだ。古来、中国では、男子婦女の手にて死せず、と聞く。お前は向こうにお行き、きみ」

星巌は涙の止まらぬ紅蘭を別室に退け、頼三樹三郎に抱かれながら正座して、瞑目した。池内大学は三条家にいて、その突然の死に間に合わなかったという。

遺言により、星巌が折々に散策した、南禅寺の天授庵《てんじゅあん》に葬られた。

諡《おくりな》は、老龍庵《ろうりゅうあん》星巌孟緯《もうい》居士。

安政の大獄の直前に亡くなった星巌に対して、当時の京の人々は、「星巌は死に上手（詩に上手）」と囁いた。


その大獄が始まったのは、星巌の死の三日後。

「悪謀の四天王」と呼ばれた、梁川星巌《やながわせいがん》、頼三樹三郎《らいみきさぶろう》、池内大学《いけうちだいがく》、梅田雲浜《うめだうんぴん》は、真っ先に標的にされ、星巌を除く三人は捕縛された。その結果、頼三樹三郎と梅田雲浜は死罪。頼三樹三郎は享年三十五、梅田雲浜は享年四十五。

池内大学は中追放とされたが、のちに恩赦で赦免されるものの、文久三年（一八六三年）、土佐藩の岡田以蔵《おかだいぞう》に惨殺された。享年五十。

佐久間象山《さくましょうざん》も星巌に送った手紙が見つかれば、安政の大獄で処分されるところであったが、松代で蟄居中であったことが幸いして助かり、文久二年（一八六二年）に蟄居を解かれた後は、一橋慶喜に招かれて上京。公武合体論と開国論を説いた。

しかし、当時の京都は、星巌の死後さらに過激になった、尊王攘夷派の志士の潜伏拠点となっており、象山は西洋かぶれとみなされて、元治元年（一八六四年）に暗殺される。享年五十四。

公家では、前関白鷹司政通《たかつかさまさみち》、左大臣近衛忠熙《このえただひろ》、前内大臣三条実万《さねつむ》は落飾《らくしょく》（出家）、青蓮院宮《しょうれんいんのみや》、中山《なかやま》忠能《ただやす》、久我建通《こがたけみち》らは慎みとなった。

久我建通に仕えた春日潜庵《かすがせんあん》は永押込になるが、和宮降嫁で恩赦を受け、維新後は奈良県知事をつとめ、明治十一年（一八七八年）に亡くなった。享年六十八。

諸藩では、特に水戸藩の処分が厳しく、密勅の中心になって動いた家老の安島帯刀《あじまたてわき》、京都留守居役の鵜飼吉左衛門《うかいきちざえもん》が死刑になったのをはじめ、多数の藩士が処罰を受けた。その反動から、安政七年（一八六〇年）三月三日に、「桜田門外の変」を起こし、井伊直弼《いいなおすけ》を暗殺した。しかし、その後の水戸藩は、尊王攘夷運動の主役から降りることになる。藤田東湖《ふじたとうこ》がいなかったのが大きい。

志士では、松平春嶽《まつだいらしゅんがく》に仕えた橋本左内《はしもとさない》が死罪。そして吉田松陰《よしだしょういん》も死罪になったが、松下村塾を出た高杉晋作《たかすぎしんさく》、久坂玄瑞《くさかげんずい》らが松陰の意志を継ぎ、やがて長州藩を動かす存在になっていった。西郷隆盛《さいごうたかもり》も安政の大獄の標的にされたが、鹿児島に逃れて助かり、その後の薩摩藩をリードする。そして、長州藩と薩摩藩が中心となって、戊辰《ぼしん》戦争を起こし、明治維新の原動力となったのは、周知のとおりである。

徳富蘇峰《とくとみそほう》は、明治維新は天保の青年によって成し遂げられた、という。

「明治の青年は天保の老人より導かるるものにあらずして、天保の老人を導くものなり」(『新日本の青年』)

吉田松陰、高杉晋作、久坂玄瑞など、明治維新を推進した幕末の志士たちは、すべて天保年間(一八三〇年から一八四三年)に生まれているからだ。西郷隆盛は文政八年(一八二五年)の生まれなので、天保の青年の少し先輩にあたるが、漢詩と陽明学を好んだ西郷は、ある意味で梁川星巌の精神を、一番引き継いでくれた人物かもしれない。

井伊直弼と対立した彦根藩家老の岡本黄石《おかもとこうせき》は、直弼の死後、藩政に復帰し、藩論をリードした。維新後も長命を保ち、明治三十一年(一八九八年)八十八歳で亡くなった。

伊勢の斎藤拙堂《さいとうせつどう》は、軍を西洋化にするなどの藩政改革に携わったが、安政の大獄後に致仕し、明治維新を見ることなく、慶応元年(一八六五年)六十八歳で亡くなっている。

江馬細香《えまさいこう》は、七十歳の時に脳出血で倒れた後、実家で養生を続けたが、文久元年(一八六一年)に、七十五歳で亡くなっている。

細香と交流のあった大垣藩の小原鉄心《おはらてつしん》も、鳥羽伏見の戦いで佐幕派だった藩論を勤王派に説き伏せ、東山道先鋒として従軍するなど活躍し、明治五年(一八七二年)に亡くなった。享年五十六。

「芳野三絶」を賦した藤井竹外《ふじいちくがい》は、星巌が東山に葬られてから、その訃報を聞き、次の七言絶句を捧げた。

清詩《せいし》に殉《じゅん》じ得《え》たり　四千篇《よんせんへん》
好箇《こうこ》の白雲《はくうん》と　紅葉《こうよう》の間《かん》
泉下《せんか》の登登《とうとう》　応《まさ》に抵掌《ていしょう》すべし
先生《せんせい》の埋骨《まいこつ》　亦青山《またせいざん》なり

清浄な詩に身を捧げて作った、四千首の詩
ほどよい白雲と、紅葉との間で作られた
黄泉の下の武元登登庵は、手を打って喜んでいるだろう
登登庵を羨んだ、星巌先生の骨を埋めたのも、また青山である

詩にある武元登登庵《たけもととうとうあん》とは、備前出身の漢詩人で、頼山陽と交流があり、和泉式部ゆかりの誠心院に葬られた。その墓を、かつて星巌は頼山陽と共に尋ねたことがある。

藤井竹外は、星巌を勤王の志士というより、あくまで詩人として星巌を敬しており、死後も泉下で、詩の談義をしているのだろうか、と詠んでいる。詩人として生涯を送った竹外には、なぜ星巌が尊王

攘夷の志士となったのか、結局最後までわからなかっただろう。

そして、この七言絶句の名手は、維新を見ることなく、慶応二年（一八六六年）に亡くなっている。享年五十九。


さらに、江戸の玉池吟社《ぎょくちぎんしゃ》の星巌の弟子たちは、尊王攘夷運動に関わることなく、皆長生きし、明治の漢詩界をリードした。

江戸から美濃まで星巌を見送った鈴木松塘《すずきしょうとう》は、明治になって房州から上京して、「七曲吟社」という詩の結社を作り活躍し、亡くなるのは明治三十二年（一八九九年）。享年七十六。長命な小野湖山《おのこさん》に至っては、明治四十三年（一九一〇年）まで生きた。享年九十六。

しかし、明治になると漢詩は急速にエネルギーを失い、文学の主役の座を奪われ、同時に星巌の詩も忘れられていった。星巌と交流のあった人物では、西郷隆盛あたりが最後に漢詩を詠んだ志士かもしれない。


そして、紅蘭女史。

安政の大獄が始まって、幕吏は真っ先に鴨沂水荘に向かったが、星巌が既に亡くなり、葬送も終えたと聞き驚く。

最初は捕縛を恐れ、遁走したものと疑ったが、墓所を確認し、死体を検して、星巌の死を認めざるを得ず、家宅捜索もしたが、すでに紅蘭が秘密書類は火中にくべた後で、何も得るものはなかった。

そこで、京都町奉行所の小笠原長常《おがさわらながつね》は、代わりに紅蘭を召喚して、星巌と共に国事を謀議した者の名前を尋ねたが、紅蘭は答えなかった。

「あなた方お役人様は、国家のことを家で話されますか。星巌は丈夫《じょうふ》でした。事の大小に拘わらず、閨房の女性に謀ることはありませんでした。まして、星巌は死ぬ時に、男子婦女の手にて死せずといい、私すら遠ざけました。そんな星巌が、どうして、秘密を私に漏らしたりしましょうか。例えこれを漏らしたとしても、私とて亡き星巌の妻、夫の罪状をお話しするはずがありません」

勿論、十九歳で郷里の曽根村を出た後、生涯を通じて、星巌と一心同体の生活をしていた紅蘭は、すべてを承知していたが、その毅然たる態度に、幕吏たちはどうすることも出来なかった。そこには、当帰《せり》を蒔いて夫の帰りを待つ、かつてのきみの姿はもうない。

小笠原長常はそんな紅蘭に同情し、慰撫《いぶ》して言った。

「これから、お前を獄にいれねばならぬが、憐憫の情はある。家に何か必要なものがあれば、取りに行かせよう。その場所を教えよ」

「家には一物もありません。官の手を煩わせることもありません」

「何も遠慮せずともよい」

「では、家にいる鳩が飢え死にしてしまいます。これを養ってくだされば」

紅蘭はこの後、六角獄に入れられたが、時折小吏が、鳩に餌をやりにいったという。

安政五年の暮れ、獄中での紅蘭の詩。

陸地《りくち》を驚回《きょうかい》して　怒濤《どとう》翻《ひるがえ》る
寡婦《かふ》敢《あ》えて当《あ》たらんや　能《よ》く冤《えん》を雪《そそ》ぐに
一点《いちてん》の氷心《ひょうしん》は　万古《ばんこ》を期《き》す
未《いま》だ曾《かつ》て賄《まいない》を通《つう》じて　牽援《けんえん》を要《もと》めず

陸地をひっくり返し、波を起こすような大獄が始まり
夫星巌のために、どうして寡婦の身で、冤罪を晴らせようか
しかし、私のけがれなきこころは、万古につうじて変わらない
賄賂を贈って、高官の援助を求めることなどしまい

誰《たれ》か孤鸞《これん》を把《と》りて　網塵《もうじん》に付《ふ》す
飛《と》ぶを囚《とら》え　舞《ま》うを禁《きん》じて　太《はなは》だ艱屯《かんちゅん》
栄衰《えいすい》　寵辱《ちょうじょく》　固《もと》より常事《じょうじ》なり
誰《たれ》か乾坤《けんこん》　不測《ふそく》の神《しん》を害《がい》せんや

私はひとりぼっちの鳩、だれが網で捕らえ、押し込めたのか

ここでは、飛ぶことも、舞うことも出来ず、難儀なことである
栄えたり衰えたり、恩寵を受けたり恥辱を受けたりするのは、いつものこと
私には神聖な霊性があるから、誰も犯すことは出来まい

紅蘭の獄中生活は、約半年の長きに及び、ようやく獄を出たのは、翌年の二月十六日のことであった。その時の詩に云う。

殷憂《いんゆう》　艱患《かんかん》は　旬《しゅん》に盈《み》たんと欲《ほっ》す
心丹《しんたん》を百錬《ひゃくれん》し　始《はじ》めて神《しん》を見《み》る
黙契《もっけい》す　吉占需《きちせんじゅ》の上六《うえろく》
来《き》たれる哉《かな》　速《まね》かざる客《きゃく》　三人《さんにん》

ひどい災難にあって、一月にもなろうとする
こんな時こそ、心を鍛えて、本当の精神が現れる
易をたてると、需の上六の爻《こう》
思いがけない三人の客が来て、救い出してくれた

誰《たれ》か道《い》う　儒冠《じゅかん》　多《おお》く身《み》を誤《あやま》ると

知《し》らず　暖律《だんりつ》　一声《いっせい》　新《あら》たなるを
纔《わず》かに陰痞《いんぴ》を為《な》すも　便《すなわ》ち氷解《ひょうかい》す
聖沢《せいたく》　依然《いぜん》として　万物《ばんぶつ》は春《はる》なり

誰が言うのか、学問をするものは多く身を誤ると
行き詰まったときに笛を吹くと、温気が来るのを知らないのか
陰気がわずかに詰まっていたのも、それはやがて氷解する
帝の恵みはそのままで、万物は春になった

その後紅蘭は、星巌の旧宅鴨沂小隠に戻り、ささやかな私塾を開き、子女に詩文を教えて暮らした。小野湖山《おのこざん》、岡本黄石《おかもとこうせき》、江馬天江《えまてんこう》ら、時折訪れる星巌の門弟との語らいが、紅蘭の慰めであった。

そして、幕末の変革の中で、長州藩や薩摩藩が御親兵を作り、王政復古の大号令が発せられるのを見て、星巌たちの画策は時代を先取りしていただけだと、紅蘭は知った。けれども、折に触れて紅蘭の見る夢に出てくる星巌は、真っ白に咲いた梨の花の時期に帰ってきた、夫星巌の若き日の姿で、紅蘭はいつまでたっても「梨花村草舎」の生徒きみのままだった。

維新の後は、生前の星巌の忠行を賞して扶持米二人分を下賜され、生活にもゆとりが出来た。西園寺公望《さいおんじきんもち》や木戸孝允《きどたかよし》の詩会に招かれるなど、詩人としての評価も得ている。

かくて明治十二年（一八七九年）、紅蘭は病で亡くなった。享年七十六。

星巌の死におくれること二十年。同じく南禅寺の天授庵で、星巌の傍らに葬られた。

現在、天授庵を尋ねてみると、横井小楠《よこいしょうなん》の墓石の傍らに二人の墓はある。しかし、横井小楠の墓には、その業績を示す立派な石碑があるが、星巌、紅蘭の墓には花すら供えられていない。明治維新後、星巌のことは、四千とも五千とも言われる詩とともに、急速に忘れられてしまった。

もし、星巌の旧跡を訪ねてみたいと思うならば、二人の故郷、美濃曽根村の華渓寺《かけいじ》を訪れることをお勧めする。出来るならば、「梨花村草舎」で星巌と紅蘭が出会った、梨の花の咲く頃がいいだろう。


（了）

参考図書

伊藤信・冨長蝶夢・森信一訳注『梁川星巌全集』（梁川星巌全集刊行会、昭和三十二年）
伊藤信『梁川星巌翁附紅蘭女史』（梁川星巌翁遺徳顕彰会、大正十四年）
富士川英郎『江戸後期の詩人たち』（麦書房、昭和四十一年、東洋文庫、平成二十五年）
中村真一郎『頼山陽とその時代』（中央公論社、昭和四十六年）
大原富枝『梁川星巌・紅蘭──放浪の鴛鴦』（淡交社、昭和四十八年）
水田紀久・頼惟勤・直井文子『菅茶山・頼山陽詩集』（新日本古典文学大系66、昭和六十一年）
黒川洋一『菅茶山・六如』（江戸詩人選集4、岩波書店、平成二年）
揖斐高『市川寛齋・大窪詩仏』（江戸詩人選集5、岩波書店、平成二年）
入谷仙介『頼山陽・梁川星巌』（江戸詩人選集8、岩波書店、平成二年）
福島理子『女流／江馬細香・原采蘋・梁川紅蘭』（江戸漢詩選3、岩波書店、平成三年）
入谷仙介『柏木如亭』（日本漢詩人選集8、研文出版、平成十一年）
入谷仙介『中島棕隠』（日本漢詩人選集14、研文出版、平成十四年）
山本和義・福島理子『梁川星巌』（日本漢詩人選集17、研文出版、平成二十年）
林田愼之助『幕末維新の漢詩』（筑摩選書、平成二十六年）
今関天彭『江戸詩人評伝集1・2』（東洋文庫、平成二十七年）
揖斐高『柏木如亭詩集1・2』（東洋文庫、平成二十九年）

【著者紹介】
木村　正幹（きむら　まさみき）
1960年岐阜県生まれ。名古屋大学文学部卒業。筑波大学大学院修士課程修了。論文「梁川星巌の思想詩」（『新しい漢字漢文教育』第62号）。

星巌《せいがん》と紅蘭《こうらん》

2021年9月10日　第1刷発行

著　者 ― 木村《きむら》　正幹《まさみき》

発行者 ― 佐藤　聡

発行所 ― 株式会社 郁朋社《いくほうしや》

〒101-0061　東京都千代田区神田三崎町2-20-4
電　話　03（3234）8923（代表）
FAX　03（3234）3948
振　替　00160-5-100328

印刷･製本 ― 日本ハイコム株式会社

郁朋社ホームページアドレス　http://www.ikuhousha.com
この本に関するご意見・ご感想をメールでお寄せいただく際は、
comment@ikuhousha.com までお願い致します。

 ISBN978-4-87302-741-8 C0093